那年月 那地方

THAT PLACE THAT TIME

润 生 著

中国广播影视出版社

图书在版编目（CIP）数据

那年月　那地方 / 润生著. -- 北京 : 中国广播影视出版社, 2021.4
ISBN 978-7-5043-8562-8

Ⅰ. ①那… Ⅱ. ①润… Ⅲ. ①散文集－中国－当代 Ⅳ. ①I267

中国版本图书馆CIP数据核字(2020)第257370号

那年月　那地方

润生　著

责任编辑	王　佳
装帧设计	阮全勇
责任校对	龚　晨
出版发行	中国广播影视出版社
电　　话	010-86093580　　010-86093583
社　　址	北京市西城区真武庙二条9号
邮　　编	100045
网　　址	www.crtp.com.cn
电子信箱	crtp8@sina.com
经　　销	全国各地新华书店
印　　刷	涿州市京南印刷厂
开　　本	880毫米×1230毫米　1/32
字　　数	95（千）字
印　　张	5.75
版　　次	2021年4月第1版　　2021年4月第1次印刷
书　　号	ISBN 978-7-5043-8562-8
定　　价	48.00 元

序

润生是我的老朋友。联结我们的一条重要纽带是知青情结。尽管我们没有更多的工作交集，但是喜欢彼此之间那种舒服的交流。他的真诚、豁达、睿智，以及对许多事物的认知，使我们有一种契合，也许这就是缘分吧。

我知道润生有出色的组织领导能力和专业造诣。他是好多重大活动的策划者、组织者，包括第十五届世界石油大会、上海世博会石油馆等，他都是功臣。他还写过不少关于石油经济方面的著作、文章，做过不少专题报告。他写的散文我还是第一次阅读。

知青文学是一个深邃的题材。那段历史按说已成为往事，许多遥远的故事也成了老旧的题材，越来越缺少现代感。但是，涉及知青的文学作品却依然在不断涌现，这个题材一直在被持续挖掘。这既反映了知青题材丰富的蕴藏量，也反映了文学对那一段历史不断深化的认识。

我读过的涉及知青生活的作品不少，有小说也有散文。不过，散文中有烙印的并不多。也许我更熟悉的知青生活是在兵团，而润生写的故事都发生在插队的农村，所以，读起他的散文来烙印特别深刻。

润生用 12 篇散文重现了记忆深处的知青生活，回忆了一个大男孩离开父母，在艰苦环境下成长成熟的故事。他对知青生活的抒写与感悟主要着笔在以下方面：

（一）异乡生活、艰苦环境对人意志的磨炼。一个 16 岁的稚气男孩从大城市来到农村，最直接面临的问题便是生活的困难。《扒车》《洗澡》是对此境遇的描写。他用平实和调侃的笔调重现了当年生活的困顿，同时也表现了当地乡亲对知青学生的帮助和同学之间的互助互爱。《抗洪》《修堤》不仅生动展现了当时的抗洪场景、惊险场面，让我们看到一个刚刚涉世的青年学生，面对困难和挑战承受的巨大压力和奋力拼搏，还能真切感受到在特定条件下那种身心和人格的成长。

（二）融入当地生活，感受淳朴民风。农村生活虽然艰苦，但是作者被其质朴的民风与村民真诚豪放的性格所感染。《遛马》《醉酒》这两篇讲述了他第一次骑马和醉酒的经历。淳朴民风与人物性格跃然纸上。

（三）直面农村生活的贫瘠与落后，经历个人蜕变与成长。润生的知青生活大约是从16岁到23岁，这段经历让他经历了从少年到成人的转变。下乡插队过程中所有的经历和遭遇，无不触及他的内心世界，形成和改变着他的世界观、人生观。《跳井》《离婚》描写了20世纪70年代残余着愚昧落后印记的农村生活；《丧事》《落户》反映了作者当选生产队长后处理村民纠纷的困扰与忧虑；《书记》则描写了基层领导干部的思想方法、务实作风，特别是对润生本人的关怀、教诲，以及对其后来产生的影响。

（四）知青岁月中的爱情。情窦初开的年纪，爱情是无法绕开的话题。《扎根》《初恋》写了两段发生在知青中的爱情，和发生在任何时代的初恋一样美好、纯真，并且由于时代的原因显得特别朴实动人。

《回首向来萧瑟处，既有风雨又有情》是润生写在篇尾的话。其实也是一篇散文。这篇散文讲述的不是故事，而是表现了润生对上山下乡的独立思考和对那段经历的认知。我赞成他在文中所说：上山下乡的经历锻炼了这一代人吃苦耐劳、不畏困难的意志品质。从那段经历走来，植根于淳朴农民身上的许多优秀品质带给了他们持续的成长。知识青年上山下乡是一代知青特殊的人生经历，是激情与理想、反思与觉醒的非凡的青春旅程。读过前面的故事，再读这篇文章，可以感受到已经融入进润生血液里的那种浓浓的知青情怀，也会给老知青和其他读者增添不少读后的感慨。

润生笔下的《那年月　那地方》，一方面是淳朴的民风和乡亲们的勤劳、质朴、正直、善良，另一方面是偏远农村的贫穷、落后和残留的愚昧。书写那段难忘的青春岁月，讲给我们的不仅是那个年月的故事，还有真、善、美。那年月那地方的历史画面和今天中国的伟大变革形成鲜明对照，从情感上加深了我们对在中国共产党领导下改革开放和民族复兴的深刻认识。

润生的散文立足个人成长，忠实于历史事实，语言朴素平实，情感真挚。文章读起来有沧桑感、画面感，乡土气息浓厚。在讲故事的同时，他善于将人物内心深处的东西真实呈现出来，不仅有作者个性、人物性格，也富有感染力。

祝贺润生完成了他记录知青生活的一个心愿。希望知青朋友和他们的后人有机会读到这本书，从而对“那年月那地方”的历史风情和生活状态，对那一代人骨子里的东西有更多的了解和感悟。

姜　昆

庚子年夏

目 录

遛　马…………………………………… 1
抗　洪…………………………………… 13
扒　车…………………………………… 22
洗　澡…………………………………… 43
修　堤…………………………………… 55
丧　事…………………………………… 61
醉　酒…………………………………… 70
离　婚…………………………………… 83
落　户…………………………………… 98
扎　根…………………………………… 111
初　恋…………………………………… 127
书　记…………………………………… 148

回首向来萧瑟处　既有风雨又有情
——写在篇后的话 ……………………… 165

遛　马

刚下乡的时候我特别喜欢骑马。看到那里的大人小孩都会骑马，总想找机会一试身手。特别是端午节前后，蒙古族屯的乡亲在草原上成群结队跑马围猎，许多汉族人也骑上马赶去凑热闹。上百匹马和大批的猎狗在辽阔的草原上奔跑，撵狍子、野鸡、野兔，还有狐狸，那个场面对我们这些城市里长大正在贪玩年龄的学生来说，既新鲜又刺激。所以，那时候只要生产队有能和马亲近的活计，我都喜欢干。

春季是牲畜发情的季节。初来乍到的我们每天都会看到牛马猪羊交配的场面。当时，这对我们来说还是一件颇感难堪的事情，但是生产队的男女老少却早已司空见惯了。

那时，队里有一匹枣红色的儿马（公马），高大威猛，一直也没人能驯服。每天早晚套车卸犁、牲畜云集的时候，它都会肆意妄为，见了客马（母马）就上，你踢我叫地在院子里闹腾好一阵。有一天我“压滚子”回来歇晌（压滚子就是在播种后为了保墒，用马拉木滚的方式把地垄压实），当时并不知道用来压滚子的客马（母马）正在反群（发情）。就在我准备卸套饮马的时候，那匹枣红大马脱缰而上，两匹马尥起蹶子，凌空踢打起来。迟疑之间，我还没来得及撒开手上的缰绳，就被飞起的马蹄踢在了脸上，当即倒地不省人事。

苏醒过来的时候，我已经被抬到队部的炕上。嘴角被踢破，一颗牙齿松动，嘴里肿了一个大血泡，血从口腔和嘴角往下淌。头昏沉沉的，像脑震荡一样。我恍惚觉得有好多个人头围着我，还有人翻开我的眼睛，为我擦去嘴角的血。

我们的生产队长叫刘景武，他当场做出决定，要在三日内把这匹公马骟掉。真没想到，被马踢了还有人给出气。看到刘队长愤怒的样子，我心里顿时宽慰了不少。后来才知道，其实是大队引进了洋种马，为确保本地马种改良，早已要求各队必须骟掉本地公马，统一使用洋马配种。我们队长一直对配种站持有怀疑，迟迟没有对儿马采取措施。我的受伤倒是促进了生产队马种的改良。

骟马很简单，但是挺残酷。要几个大汉先把马用绳子捆绑住，再把它按倒在地，然后兽医用特制的竹夹活生生把它的两个睾丸分别夹住，并用线缠紧确保血脉卡死。之后，再把马牵到有太阳的地方，饮水、喂上营养草料。骟过的马，要一直等到睾丸慢慢断血、溃烂、脱落、萎缩，这个过程才算完成。公马骟后，由于化脓，伤口处常常招来大批的苍蝇和牛虻，所以，为减轻马的痛苦，加快马的睾丸萎缩，避免感染糜烂，只要一化脓就要拉出去遛，通过跑马甩掉伤口的脓。

刘队长知道我喜欢骑马，又刚刚被马踢伤，担心我跟大帮干活受累，就拉上我去遛马。队上共有两匹刚刚骟过的马，我俩一人一匹。枣红大马被骟以后，早已被刘队长驯服。我骑的是一匹黄色的骟马，它比枣红马小了一号。刘队长知道我是第一次骑马跑远路，怕我失控摔伤，特意把两匹马链在了一起。从上马、登蹬、握嚼子，坐姿、重心、用力方式等，一一讲授并示范给我。在他的保护下，从走到颠到跑，我一点一点地熟悉、操练，很快就找到了

骑马的感觉。

刘队长看我适应得挺快，猛地扬鞭抽在马屁股上，两匹马立即飞快地奔跑起来。我蹬住马蹬，抓紧马嚼子，两腿用力夹在马背上，生怕从马背上摔下去。风从耳边嗖嗖地刮过，马奔跑起来的感觉带给我一种从未有过的惬意。刘队长看着我紧张、尖叫又享受的样子，一路上笑弯了腰。

骑马大约跑了二三十里地，晌午时分，来到一个蒙古族居住的屯子。这个屯子看上去和我们犁杖屯的规模差不多，也都是干打垒的土房子。唯一不同的是每栋房子的西山墙都有一扇窗户。听说祖上成吉思汗当年打仗的时候有一次被围，就是从西山墙的窗户跳了出去，才有后来的天下。所以，尽管西北风频繁、猛烈，但蒙古族人的房子祖祖辈辈都沿袭了开西窗的习惯。

当我从马上下来时，两条腿就像不会走道了一样，大腿内侧酸疼酸疼的。刘队长让我去给马饮水，他去找个打尖的地方。我便牵着马来到屯子中间的一个空场。那儿有一眼水井，井边上有一个长长的水槽。把马牵到水槽边，我摇着辘轳慢慢地把水篓放下去，再抓住连接辘轳和水篓的链绳，用力甩动井下面的水篓，好不容易把水灌满，但使足了劲也没能把水摇上来。想摇半篓水吧，总是一灌就满，技不从心。忙出了一身汗，水还是没摇上来。两匹马渴得一个劲地用前蹄踢水槽，我又怕它们走掉，抓不回来。

正着急呢，一个小男孩走了过来。他也就是十三四岁的样子，个头比我矮了一截，穿着一件露着棉花的旧棉袄，里面连件内衣也没有，两只大眼睛忽闪忽闪的。他瞭了我一眼，接过辘轳，三下两下就把水摇了上来，又一篓接一篓地把水倒在马槽里。两匹马一下子安静下来，悠闲自在地饮起水来。男孩一边摇着辘轳一边冲着我说："你是北京知青吧？我们屯的知青和你一样，使不好这股劲，好多人打不上水来。"他问我，"你是哪个屯子的？"我说："是犁杖屯的。"男孩说："都晌午了，就来我家歇一歇吧。"我告诉他，我是和队长一起来的，队长已经去找打尖的地方了。他说："你就跟着我走吧，我会把你们队长找回来。"

正在这时，一个蒙古族大叔走了过来。男孩叫了一声"爹"，"这个人是北京知青，我正想叫他去咱们家里歇脚。"那个蒙古族大叔对我说："你是跟刘队长一起来的吧？"我回答："是啊。"大叔说："刘队长已经在我家了，我是来叫你的。"

就这样，我跟着这位蒙古族大叔一起来到他的家。快到门口的时候，他回头对牵马走在后边的男孩说："二孩子，你把马拴好，去抱点草来把马喂上，等马吃饱了再进来吃饭。"这个叫二孩子的男孩，痛快地答应了一声"好吧”，然后就不见了。

走进蒙古族大叔的家。灶房里热气腾腾，一个女人正在烧火。见到我进来马上站起来打招呼，撩开通向里屋的门帘，说了句“快请屋里坐”。进到里屋，我看到刘队长已经在靠炕头一侧盘腿坐下。他面前摆放着一个矮腿的小四方桌。桌子上摆好了碗筷、盘子还有酒盅。一个盛满酒的小酒壶，正放在装满热水的瓷缸子里加热。我被大叔让到炕上背对窗户坐下。那时，我还不习惯盘腿，但是炕梢一侧的位置显然不是我该坐的地方。蒙古大叔看我坐定，两腿一盘坐在了刘队长的对面。

一会儿，大叔媳妇把摊好的鸡蛋和一盘子土豆片端了上来，又把烫热的酒一一倒在酒盅里，给每人盛上满满的一碗高粱米饭，转身站在灶房门前，一声不响地看着我们喝酒吃饭。在东北农村，女人是不能上桌的。伺候客人必须保证客人的菜盘和碗满满的、高高的。再缺吃少喝，绝不能让客人的菜碟和饭碗露出白底来，除非客人告诉她“我吃不下了”。所以，只要是桌上盘子里的菜或谁碗里的饭稍微平了一点，她就会立即用碗把菜或者饭扣到你的盘子或饭碗里。

那时，我最不能接受的就是喝酒，一闻到酒曲味儿就头晕恶心。看到蒙古族大叔端起酒杯，我忙解释说：“大叔，我不会喝酒，请求免了吧。”谁知蒙古族大叔一脸的不高兴，索性放下酒杯，用蒙古族味的汉话对我说：“你是不是男子汉？是就要喝了，要不我就会以为你是看不起我们。”一句话把我说蒙了，我从来也没把喝不喝酒看得这么严重，一时间不知道说什么好。刘队长接过话，对我说：“小李子，你恐怕还不知道蒙古族的风俗，人家热情好客留咱吃饭是表示愿意和咱交朋友。第一次做客，敬酒是不能拒绝的。拒绝了，就是表示你没有诚意，是对新朋友的不尊重。今天，不存在会喝不会喝的问题，就看你喝还是不喝，知道不？”说到这，刘队长又笑着对蒙古族大叔说：“这小子是个书生，还欠历练，你就迁就一下吧。”说着，他示意我端起杯，自己则把酒杯高高举起，冲着蒙古族大叔低头行了个礼，说了句“幸会”，然后一扬脖，把满满一杯酒喝得一滴不剩。蒙古族大叔二话没说，也是一饮而尽。我已经没有退路，也顾不得难挨的滋味，学着刘队长的样子，把杯举过头，痛苦地吞下了这杯浓烈的酒。随后，就觉着天旋地转，眼前一片昏黑，什么都不知道了。

不知过了多久，我听见有人轻轻叫我：“小兄弟，醒醒。”我慢慢睁开眼睛，看清眼前的人原来是蒙古族大叔的媳妇。她手里端着一个盛满奶茶的大碗，轻声对我说：“喝碗奶茶吧，又到吃饭的时候了。”那是我平生第一次喝

奶茶。当一大碗奶茶缓缓地流到肚子里，那种舒适和温暖真的是让人一生馋恋。浓浓的奶茶香飘四溢，浸人心肺，本来昏沉的大脑一下子清醒不少。我连做梦也没有想到过，我还会在这样一个陌生的地方享受这般奢侈。望着窗外，天色已近黄昏，夕阳染红了飘浮的云朵，金黄色的霞光洒落在一座座屋顶上、墙面上。整个屯子百缕炊烟，袅袅升腾。成群的鸡鸭鹅猪"咕咕咕，哏哏哏……"地聚在院子里等待喂食，吆喝声、鸣叫声汇集在一起，形成了韵味十足又此起彼伏的家畜大合唱。

原来，我一杯酒下肚就趴在了饭桌上。蒙古族大叔把我抱到炕头，又垫上枕头，还给我的头上敷了一条湿毛巾。接着和刘队长两人开怀对饮，后来，他们也都四仰八叉地躺在炕上睡着了。我醒来的时候他们已经喝过茶，小饭桌又摆在了炕中间。蒙古族大叔的媳妇再一次摆上了餐具，端上咸菜、大酱，盛上苞米粒子粥。特别招眼的是那个烫酒的搪瓷缸，小酒壶里又冒起热气。

我一看到酒壶，两只眼睛直愣愣地发呆，脑子里一片空白。刘队长看出我的心思，对我说："傻小子，你不胜酒力人家都看到了。敢喝就是好样的。蒙古族兄弟刚才还在夸你呢，说你实在、可交。看你醉了，午饭也没吃，人家非留我们吃过晚饭再往回走。""一会儿咱还要赶路，你多喝粥，这告别酒我代你喝吧。”说这话的时候，我看见蒙古族大叔的嘴角露出了微微的笑容。

也不知道当时来了哪股子劲儿，也许是一大碗奶茶让自己突然清醒，我有点语无伦次地说：“不行，我必须得喝……今天，我还真打算爬着回去了。”说着伸手就去拿酒杯。没想到，蒙古族大叔制止了我：“别逞能了，还是先喝碗粥再说吧。”其实，我当时的感觉从头到脚都是飘飘的。看蒙古族大叔这么说，我便端起一碗大馇子粥，一股脑地喝了下去。我是真的饿了。大叔媳妇见罢，又一连给我添了好几碗。蒙古族大叔看我精神起来了，把手往桌子一拍，端起酒杯，说了句：“好小子，这杯酒喝下去！”

当我跟着刘队长跌跌撞撞地走出蒙古族大叔的房子时，看见二孩子已经牵着马等候在门口。马被二孩子梳洗得干干净净，马鬃都用铁梳子梳过，马鞍也都备好了。刘队长拍了拍蒙古族大叔的肩膀，双手抱拳，说了句：“别忘了到家串门。”蒙古族大叔又拍拍我的肩膀，顺手把我掴上马背，然后打了个手势，把手往马屁股上一拍，两匹马一溜烟儿跑出了蒙古族屯。

没跑多远，天色就黑了下来。我已经不记得来时的路，只是低着头昏沉沉地伏在马背上，听着碎碎的马蹄声哒哒作响。刘队长担心我滚下马鞍，索性让马慢慢地溜达回家。

他半睡半醒地闭上眼睛，不时哼上两句二人转。我不知道他是自言自语还是说给我听：“啥亲戚也不是，见面就拿我们当兄弟。这个朋友可不能忘。”

迷迷糊糊骑在马上，走过草原，走过树林，走过水塘，走过小山坡，不知到底走了多久。直到天亮的时候，我才发现自己睡在了生产队部的大炕上，但对怎么回来又怎么躺在队部里的经过已经完全失忆。

我使劲追忆着前一天经历的事情，浮现在眼前的都是蒙古族大叔、二孩子、大叔媳妇的音容笑貌，是他们黝黑红润的脸庞和从心底里溢出来的淳朴、诚挚、率真和友好。我的脑海里不断浮现出那个陌生村庄洒落的斜阳、袅袅的炊烟和此起彼伏的家畜大合唱。我忽然发现，我果真换了一个世界，这里既飘荡着浓郁的草木花香，又充满人性美、人情味儿，不仅令人倾心，而且会给自己带来改变。

抗　洪

松嫩平原是一个广阔的天地。如果说经风雨、见世面，我特想说的是那一次抗洪抢险。

1969年初秋，大队接到紧急通知：抗洪前线告急，即刻驰援！听队长点到我的名字，我的脑海里瞬时呈现出英雄辈出的抗洪场面，一股热血涌遍全身。我用最快的速度来到集合地点，跟着大队人马出发了。

马车奔跑在苍茫的草原上，夕阳从低垂的乌云缝隙中洒下，一望无际的芦苇、小叶樟卷起连天的波浪。一辆辆马车，从地平线驶来，接成长龙，组成了一支浩浩荡荡的抗洪大军。赶车的老板们把长鞭甩得啪啪响，互相比着向前奔跑。那阵势，电影里都没有过。

坎坷不平的涝洼地，不断溅起泥水，把坐在车上的人弄得浑身都是泥点。草地中间有时会遇到一个个长满长草的土包包（当地人叫塔头），使奔跑的马车颠簸得更加剧烈。车队经过村庄时，整个屯子被扰得鸡犬不宁。一声声的狗叫，让我既兴奋又紧张。

跑了几十里路，马车在一个高岗上的屯子停了下来。每个生产队留下一名炊事员负责安顿工作，其余人分上几块月饼，直奔战场。那是一个叫野鸡岗子的地方。它的对面还有一个高岗，两个高岗中间是一道四五百米的堤坝。经过先头部队夜以继日地筑堤封堵，已经加固了许多。

坝上坝下黑压压挤满了抗洪的队伍。百十辆马车从远处运土到坝下，来回穿梭；有几台拖拉机轰鸣着在坝上来回碾压。我们的任务是从坝下挑土到坝上，继续增加大坝的高度。这个大坝有五米高，表面湿滑泥泞，人必须从两侧攀爬上去，再把土送到大坝中间。

带水的泥土尤其沉重，几锹土就把我压得直不起腰来。走到坝下根本挑不上去，腿软的不听使唤。没办法还得卸载，才能勉强爬上坝顶。说实话，置身这个抗洪场面，我从内心深处迸发出来的都是沙场献身的冲动。可是，当我拼尽全力担起土筐，吃力地走在踩满脚印的泥水中，把可怜兮兮的一点土倒在坝顶的时候，我对自己充满了怀疑，万丈豪情就像霜打的茄子，蔫了。

天很快黑下来，喧闹的工地沉静起来。看不到月亮，只有稀疏的马灯和纷乱的手电发出的光亮。工友们横七竖八地倒在堤坡上，黑压压一片。我已经累得疲惫不堪，索性把筐枕在头下，靠在腰间，半躺在湿漉漉的堤坡上，闭着眼睛一声不响。我听见，洪水在轻轻拍打着坝体，远处的青蛙在呱呱叫，马吃草时不断打喷嚏，还有身边熟睡的工友发出的阵阵鼾声。

忽然，狂风大作，夹杂着雨。一阵寒战让我浑身发抖。洪水又开始漫了上来。浪头已经拍上坝顶。指挥部的人拿着手电边跑边喊："快起来，快起来！再加一把劲儿，把水挡住！""乡亲们，乡亲们，毛主席教导说：下定决心、不怕牺牲、排除万难……"堤坡上，人们陆续地爬了起来，再次回到战斗状态。

这时，有一个人忽然出现在坝顶上，他朝着人群撕破嗓子大喊："乡亲们，我一直在这儿放哨呢，这水长得太快了，会漫过大堤的，大家还是快到岗子上避一避吧！"他的话音未落，数百号车辆和黑压压的人群疯也似的散去。不一会儿就拥挤在一起，人喊马嘶，乱作一团。

我也是慌不择路，一不小心掉进了取过土的水坑里，又连滚带爬地爬了上来，夹杂在人群中，随着人流向前跑。跑着跑着，就稀里糊涂掉队了。黑暗中，忽然听到有人喊：“快上车。”我没来得及看清是谁，顺手把土筐和铁锹往马车上一扔，紧跑慢跑坐到马车上。原来，赶车的是我们带队的民兵排长郭永富。他说了声：“坐稳了！”扬起鞭子将马车飞也似的驱赶起来。看不清路在哪里，也不知道车要往哪里赶，我跷起脚，倾斜着坐在车上，两手牢牢地抓住车帮，整个人就像颠簸的土豆一样，任凭摆布。眼前的这个风雨之夜，人喊、马嘶，除了窜动的影子，就是漆黑的迷茫。

不久，马车停在来时的村口。炊事员已经把行李堆在一起等候我们。他说，接到上面通知了，可能要漫堤，所有人都撤到后山屯去。我们赶忙下车，七手八脚把行李装到车上，不等坐稳，郭永富就连扬鞭带吆喝，让马车没命地飞奔起来。

大概跑了有好几里路，郭永富突然问炊事员：“我那双鞋呢？”炊事员一愣：“坏了，落在住的地方了！”

郭永富说：“你真该死，让你给我经管着，心长腚上啦？”猛然，他大吼一声：“吁……”把马勒住，“不行，我得回去，我得把鞋找回来。”他冲着我们说：“你们在这儿等我，或者慢慢向前走，我回来再拉你们去后山屯。快点吧！”

听说他要扔下我们返回去，有人立刻大发雷霆：“你有点良心行不？这天黑路远的，让我们喂狼啊？鞋重要还是命重要？”

郭永富根本不顾大家的反对：“现在水还没到屯子，应当来得及。我很快就回来。”不由分说，还是一意孤行地把车赶跑了。

为了一双鞋折头冒险，甚至无情无义，这种极致的自私和卑微，当今任何人都会觉得不可理喻。也许只有经历贫穷或相同境遇的人，才能体谅和饶恕。当时，我们几个知青差点痛揍他一顿，但被同车的老乡劝阻了，“让他跑一趟吧，跑一趟就死心了！”我们只好气哼哼地边骂边把行李放到脏兮兮的土筐里，挑着担子，拿起铁锹，随着溃退的人群，深一脚浅一脚地往后山屯走去。

后山屯马灯盏盏，人影憧憧，家家户户门前都挤满了民工。我们被临时安顿在一户老乡家里。老乡全家挤到南炕上，把北炕腾出来让我们住。满身泥水的我们又累又饿，啃了几口玉米饼子，脱掉外衣就躺在炕上蒙头睡着了。

第二天清早，一阵抱柴烧饭的忙碌声把我惊醒。房东大娘挨个招呼我们起床：“孩子们，快起来，先把被子晾一晾，衣服洗一洗，你们也弄点水擦擦身子，干净干净，一会儿回来好吃饭。”听大娘这么一说，我们都扑腾扑腾地爬了起来。

走出院子，眼前的景象把我们惊诧住了：一眼望不到边的水面，从小到大我都没有见过；地平线平平的、长长的，把水天连在一起；太阳刚刚升起，在一层薄雾的衬托下，白里透红；大片的芦苇和青纱帐淹没在水中，高粱穗、芦苇花隐隐约约露在水面上；几只小船在水上漂浮，是屯子里的村民在撒网。昨晚还呼啸的洪水一下子变得那么平静，甚至给人带来一种亲和感。屯子里，整齐地排列着一排排干打垒的房子。家家户户都冒着炊烟，每一缕都散发着柴草的味道和浓浓的饭香。人们陆续从疲惫中醒来，有的在晾晒衣物，有的在清理工具，有的干脆脱得精光，跳到水里洗澡。哼哼的猪喘，咩咩的羊叫，咕咕的鸡鸣，三五成群吃草的马，让你压根儿无法与寒风、黑暗、险情、奔跑发生联想。昨夜那一幕威武雄壮的活剧似乎从来就没有上演。

吃饭的时候，房东大娘告诉我们：后山屯是这一带的高地，大水来时就变成一个半岛。从前，这里的人家，除了山岗上种些粮食，主要靠打鱼围猎。草场有很多猎物，水里有鱼，天上雁鹤成群。水退了，就割草当柴火烧。这些年，山岗上、洼地里，能耕种的地都被翻起来种庄稼了，草场小了，堤坝修了好几道。没水的时候旱得不得了，水来了还是闹灾。后山屯算是得天独厚，多数年头都旱涝保收。不过，遇到今年的灾情，日子可是要难过喽。

中午时分，一阵巨大的轰鸣声把所有人都吸引到户外。两架直升机在空中盘旋。飞机飞得很低。有人说，是大领导来视察了。人群一下子欢腾起来。不一会儿，带着食品的降落伞一个又一个从飞机上投了下来。“是月饼，是月饼！”人们呼喊着，争先恐后地朝着降落伞落地的地方跑去。有人不顾房东的劝阻爬上了房顶。我和另外的同学看到院子里有一个猪圈，蹭地窜了上去，瞄着一个飘落的降落伞，张开双臂，翘起脚蹦了起来。突然，“砰”的一声猪圈塌了。圈里的几头猪吓得嗷嗷叫，到处乱窜。我摔倒在猪圈里，浑身上下沾满了猪粪。降落伞也不知道哪里去了。后来，我还是排队领到了月饼。不知为什么，那月饼又黑又硬，掰都掰不开，咬上一口牙都疼。即使这样，它依然使人兴奋、让人贪婪。我的一个同学后来告诉我，他那天被月饼撑坏了。吐不出排不下，难受了一夜，浑身出汗，脸色煞白，第二天就被送到了卫生院，差点要了性命。

傍晚，生产队的马车回来了，赶车的人已不是郭永富。

听车老板说：昨天，郭永富一个人逆行抢路，好一阵才回到高岗上。他站在高处往前一看，白茫茫一片，整个屯子被大水淹半截了。别说是鞋，就是房顶都快找不到了。他慌忙掉头一路狂奔。可能是大黑找不到路吧，一股脑儿跑回了犁杖屯。没承想，正好在路口遇到大队书记，被问个究竟，被撤销了民兵排长职务，作为逃兵关到了大队，正听候处理呢。这个消息，让我们几个知青拍手称快，大家几乎异口同声：“活该！活该！”

夜晚来临了，轮到我们进入阵地。这一次的任务是要填堵一个叫“王八坑”的地方，以消除溃堤隐患，守住最后一道防线。各队的马车负责拉土，一部分人把土装到草袋子里，其他人再把装满土的草袋子一个一个背到大坑前，堆到坑中，直到把这个缺口封死。为了施工安全，指挥部专门调了两台拖拉机，用大灯照明。很快，“王八坑”两头摆开了战场。运土的马车上上下下，背土的工友来来往往，吆喝声、呐喊声、号子声夹杂在一起。洪水阻击战又一次打响。

我的任务是扛草袋子。当100多斤重的草袋子第一次压在肩上的时候，我瞬间跪在了地上，怎么都站不起来。好不容易扛起来，又迈不开步。一旦走起来，也是晃晃悠悠的。没打几趟，已经是腰酸背痛，气喘吁吁。脖子上划出好几道血印，两腿发软快走不动道了。装土的工友看我这么吃力，就让我来装土。可是，由于连续不停地挖土装袋，我的手臂肌肉酸痛，甚至抽筋。等待装土的人排成长队，出现严重窝工。有人大声训斥：“哪找这么个熊包蛋来？能不能干活儿？”无奈，我只好又去背土。工友看我实在扛不住，每次都要少装上几锹土。

天越来越黑，拖拉机的大灯一会儿晃得人睁不开眼，一会儿又借不上光。若明若暗的工地，让我极度不适应。黑暗中，我几乎分不清哪是水，哪是路，哪是泥土，只能盲目地跟在人身后，踉踉跄跄的，一不小心就会摔跤。那时，我的脑袋蒙蒙的。至于那个“王八坑”到底是个什么样子，多大、多深，它还要吞噬多少土方才能把口子堵住，我一概不知。我只是一味地装土、扛袋、奔跑、卸袋、再装土……循环往复，机械地重复着那一连串的动作。一次，我走到坑边，人没站稳，滑了一下，差一点随卸下的草袋子跌落坑中。一个陌生人拽住了我，他大喊一声“不要命啦！”这一句惊呼几乎成了我后来许多年里的噩梦。

如今，每逢抗洪，我就不禁想起曾经的往事，嘲笑自己当时的无奈、莽撞和迷茫，同时也庆幸自己经历了广阔天地的大风大浪。

扒　车

1970 年年初，终于盼到生产队召开分配大会。这个会要兑现一年劳动的收入，涉及家家户户的切身利益。

那天晚上，队部的房梁上挂了两盏煤油灯，凡是参加过劳动的男女老少几乎都来了，南北两铺大炕黑压压坐满了人。我们几个知青蜷坐在角落里。微弱的油灯下，看不清谁是谁，只有一个个烟头在黑暗处一闪一闪地发出光亮。饲养员蹲在炕洞前一个劲儿地往里填柴禾，就连平时最爱扯淡的王木匠也变得格外沉默。除了偶尔有人咳嗽几声，全屋子的人都屏住了呼吸，一字不漏地聆听生产队长和会计关于年终决算情况的介绍，特别是每一个劳动力全年收入和分红结果。在队长和会计分别回答大家的问题之后，当场兑现分配方案。那一年，生产队农业歉收，畜牧业一点儿现金收入也没有，挣到点钱的农户兑现率也只有60%多。

从上年四月中旬插队算起，我们知青全年参加劳动大约200天。生产队满分工分平均每天为11分，折合人民币0.41元钱。知青劳动评级较低，每天大概合计只挣9分到10分，全年挣工分满分大概是1800分，合计年收入不到75元。分配时要扣除插队第一年吃调拨粮、国家补助不足部分的欠款和下一年的口粮款，还有一些公摊的费用，算下来，我自己分红的结果是负的80多元。

听到这个结果我愣住了。怎么起五更睡半夜拼死劳动，反倒欠生产队的钱？为什么一样的劳动知青挣不到满分？做了那么久揣上血汗钱回家过年的梦，就这么泡汤了？无论我们怎么和队长、会计理论，除了失望什么结果也没有。回到集体户，大家愤愤不平，七嘴八舌一宿也没有睡。说心里话，从离开家的那一天，我就暗下决心自己养活自己，不再向家里伸手。没想到，我的劳动付出，竟然连回家的路费都挣不回来。我的心里很不是滋味，伤心、委屈、不平、愤慨，一起涌上心头。

过了几天，我向生产队提出借钱回家的请求，可是这样的要求也没得到满足。队长告诉我，生产队在年终分配后已拿不出任何现金来，所有的开支都要到春节后想办法，或者向银行贷款。这对我来说实在是太受刺激了。

那阵子，我就像中了魔一样，天天闹心。回家吧，手头拮据得连单程费用都不够。想想妈妈和家里的处境，再伸手要，真的是羞愧难言。不回去吧，又抑制不住回家的冲动。过去的一年，我的家里发生了很大的变化，我想知道家里怎么样了，病弱的妈妈怎么样了。我期盼着带给妈妈一个惊喜，让她伤痛的心得到一丝宽慰，我也找回一点儿家的温暖。

我和集体户的三名男同学商量好索性采取扒车行动。扒车曾是“文化大革命”红卫兵大串联时出现的全国性现象。那时候，几乎没有人认为不买票乘车是扰乱秩序，是可耻的行为，反而觉得很正常、很革命。随着大串联的结束，扒车行为受到严厉打击，扒车现象大幅减少。不过，自从大规模上山下乡开始，大批知青不满自己的实际处境，把扒车作为回家的重要方式，特别是那些成功回到北京的知青，他们的经验被四处传播，这也增加了我们效仿的勇气。

出发前，我们每人准备了一份回家礼物，大概是二十几个粘豆包和十斤左右的黄豆；在大队开具了一份介绍信；另外，除了留出一点零钱，把剩下的钱藏在身上，以备需要时急用。不久前，我的棉鞋在雪后抢收庄稼的时候不小心被刮破，此刻成了最安全的藏匿处。我把仅有的十块钱折叠起来，小心翼翼地塞进了鞋帮里。

到了快过小年的时候，我们扛着行李乘上长途汽车到了火车站，花 5 分钱买了张站台票，以送人的名义通过检票口，顺利来到站台上。晚上 9 点多钟，登上火车，按照事前约定两人一组，自行其便。

当时的绿皮火车不仅特别慢，而且非常拥挤。特别到了年根儿上，每到一个车站，男男女女就像奔命一样，扛着大包小包挤上挤下。火车从进站到开车，车厢内外都会有一场激烈的“战斗”，直至车厢再次被挤得水泄不通，人们才以各种姿态在自己狭小的空间谋求一丝喘息和安宁。

我扛着行李挤了半天也没有挤到车厢里，只好站在两节车厢的连接处。火车厢的连接处并不是封闭的，不仅没有暖气，寒风还会从脚下的缝隙呼呼往上钻，车开得越快，风就越猛烈。挤车时出的汗，一会儿就冰冰凉。待久了，会有一种风寒刺骨的麻木感。我的身子靠在结满了厚厚冰霜的门窗旁，整个人就像被装进了冰箱里。

火车轰鸣着，哐当哐当地往前行，很快就融入了深邃的夜色中。我用哈气把结在车窗上的冰吹化，再用戴着手套的手指把冰水擦干，露出一个透彻的小窗洞，把脸贴上去使劲儿往外看。窗外，除了偶尔闪过稀疏的灯亮，映入眼帘的是一片迷茫的黑暗。

九个月前，一辆相同的绿皮火车载着我们这群青年学生，披着霞光驶向无边的原野，一直驶入墨色的天际。那时，窗外稀疏的灯光点亮的是心中的憧憬和希望。没想到，仅仅由于空间的转换，我们重新开始的是一个意想不到的人生。当我再次乘上绿皮火车驶向出发地的时候，人和心情都变了。此刻，那种像小偷一样生怕被人抓到的感觉和原本意气风发、壮志未酬的自己完全判若两人。曾几何时的万丈豪情仿佛恍若隔世。

插队的生活没有钟点，每天日出而作、日落而息。春播和夏收三点多钟就起床，太阳出来人就要赶到地头，一天劳作十七八个小时。饿了，有时就点着一堆干牛粪，撒上一捧玉米种烧熟了，再迎着风把粪灰吹掉，放到嘴里吃。渴了，水源太远时，就吃野果、生葱解渴。东北的庄稼地垄长得一眼望不到头，太阳把大地烤得滚烫。我们弯着腰、低着头，一垄一垄地锄草、间苗，干不动了就横躺在垄沟上直直腰，不仅是汗如雨下，那感觉就差被燃烧的空气把人蒸发了。

秋收的时候要看月亮。即使割了一天谷子，太阳落了也不收工。只要有月亮，就要借着月光割高粱。稍微慢一点儿就会被落老远，人家都回家吃饭睡觉了，你可能还在黑暗中孤军奋战，直到把自己的六垄高粱割到头。那阵子大地一片沉寂，除了远处的狼和野狗，可能只有你自己。记得有一次，我被落下了，当我用尽全力把一棵棵高粱割倒，又一捆捆扎起来的时候，四周一片黑暗，如果没有头上的月亮，高粱叶子发出的声音都会惊吓到自己。因为天黑看不清，紧张之下，我左手的一根手指被高粱茬刮伤，当时大半个手指连皮带肉翻了起来，骨头全都露了出来，血流不止。多亏在地头接我的好心人孟大叔，临时捡来一片农药（666 粉）包装纸给我包扎上，又陪我摸黑走了六七里地，回到屯子做了处理，至今手上还留着一块伤痕。

冬天打小叶樟或割芦苇要看星星。三星斜挂，大约是晚上十点钟，大家拿上刀具奔赴草场或芦苇荡，在薄薄的冰面上摸黑推苇子或割小叶樟，直到启明星落下前再往回返。初冬时的苇塘有死水也有暗流，冰封不匀，半夜黑乎乎寒气逼人，脚下又滑，甭说找不到北，有时连人也会跟丢了，一不小心还会掉进冰冷的水塘。有一次，我因缺乏经验掉了下去，鞋和棉裤都结了冰，双腿双脚几乎被冻僵。

队长用刀割了一捆乌拉草把我的腿和脚捆上，为防冻伤让我赶紧先回去，结果，我走了一宿也没找到来时的路。

插队的生活，除了劳累还要经常为基本的生存忧心烦恼。日常生活不仅没有菜，就连食用油包括酱油都没有。一年到头的副食主要是大酱和大葱。这且不算什么，烦人的是，要在工余时间和疲惫不堪的情况下自己洗衣缝补、打理生活，还要自己推碾子磨米、打柴做饭、养鸡养猪、料理自留地。遇大雨房子漏了，只好傻傻地蜷坐在炕上，靠着墙睡觉，任凭屋内小雨淅沥，等天晴后自己动手和泥抹房顶；柴禾点不着，集体户断柴断炊，这时候或委屈挨饿，或蹭饭讨饭，天晴了再跑很远的地方拾柴搂柴。尽管如此，隔三岔五断顿的情况还是不可避免。如果生了病，小病有土医生，得了大病，就三分靠治，七分在天了。那次我得了疟疾，打摆子高烧不退，还是大队的兽医来打针开药，帮助自己渡过的难关。

自留地是吃饱饭的重要保证，可对我们来说却变成了负担。这不仅由于缺乏经验，更多的是过度劳累使我们产生了对再付出额外劳动的抵触。因此，我们的自留地不仅缺肥、失于管理，甚至被屯子里的散养猪拱得整垄整垄看不到苗，撂荒歉收，反过来又给下一年埋下吃不饱肚子的困局（上一年口粮标准180斤，粮食由国家调拨，次年只有 360 斤，由生产队提供）。

就是这样日复一日，广阔天地的生活不仅让我们经历了难以承受的高强度劳动，还在我们的心里压上了一块重重的石砣。我们这些从来都没有离开过父母又不谙世故的青年学生，在过去日子里所有遇到的事情几乎都是在无主、无助和无奈的状态下度过的。说真的，每当结束一天的生活，那种全身酸痛，直不起腰，走不动道的滋味，让人只想吃饱饭找个地方躺下，永远不再起来。

难忘那个大雨滂沱的日子，大家终于可以不出工歇一歇了。我们几个男生凑到老房东家给家里写信。不知为何，写着写着，所有的人都哭起来了。起初只是掉泪、哽咽，后来不禁放声大哭。以往乐观、坚强的外在，再也掩饰不住我们这些大男孩内心深处的柔软。苦涩和感伤的泪水浸湿了信纸上的字迹。房东大娘看到我们的样子，伤心之下涕不成声。她一边哭一边擦眼泪："我是想起我当兵的儿子了。你们可别跟着我哭啊！"

插队的生活就像电影，在脑海里一幕幕浮现，哐当哐当的火车轮子又很快将它们从眼前碾过。我后悔当初没有去生产建设兵团，那里至少有节假日、有劳保、有微薄的工资、有不会结冰的住处和最起码的生活保障。想想"探亲假"，那是多么珍贵的待遇啊！我扪心自问，当初信誓旦旦要在"广阔天地，大有作为"，如今怎么好像陷入了一种煎熬与挣扎之中？我始终都在鞭策自己，要坚强，要坚持住，要适应这种脱胎换骨的锻炼，不要消极和沉沦。可现实生活总是会遮挡我的眼睛，使我对明天一筹莫展，对未来感到迷惘和扑朔迷离。

不知火车停了多少站，大概过了一宿又一个小半天吧。站累了，我就在行李上坐一会儿；冻醒了，再站起来靠在车门旁。一宿的工夫，我已经浑身发冷，双腿发木，肚子饿得咕咕叫，人就像傻了一样。

下午时分，终于有机会挤进车厢。车厢内的温度显然高了许多，这反倒使我异常的困倦和疲劳，有几次差点站不住晕倒。不久，开始中途检票了。这是我最担心的事。不巧的是，检票还是从两头往中间查，正好在我站立的车厢汇合。我老老实实当了"俘虏"，我的同伴和我一样也遭遇了"抓捕"。

记得那一站叫八面城，是沈阳北面的一个小站。我们几个人被先后押送到一个很暗的房子里，有两个带着"纠察队"袖标的中年人正坐在板凳上，围着火炉取暖。见我们被带进来，头也没抬就说："是知青吧？""说说，是老师还是贫下中农教育你们不买票的？"我们被问愣了，谁也没有吱声。其中一个"纠察"抬头看了看我们，厉声问："为什么不买票？"李景和在我们中间年龄稍大一点，他回答："没钱。"纠察队员打断他："没钱还回家？好好干活不就有钱了？"李景和哭丧着脸说："您看我们这样子，像不好好干活的吗？生产队穷，干了白干，还欠人家钱呢！"这时那两个人抬起头来认真地端详起我们。东北的冬天天黑得早，从外边进到屋里，我们的眼前都是黑乎乎的。我看不清两个纠察队员的样子，只是从说话的语气感到他们一脸的严肃。

"你们要去哪儿？"

"北京。"

"怎么证明你们是北京知青？"

"有介绍信。"

我们从口袋里拿出介绍信，递给"纠察"。纠察队员仔细审阅我们每个人的介绍信，反复核对公章，之后扑哧一下笑了出来。原来，我们介绍信上的内容让他们觉得好笑，原文大概是这样的："有关单位，兹有北京知青某某同学，自上山下乡以来，学习毛主席著作最好，接受贫下中农再教育最好，请沿途给予方便。此致，革命的敬礼！"末尾是"某某大队革命委员会"的印章和年月日。

这时，一个"纠察"对我们说："既然是北京知青，就补一下票吧，补了就放你们出去。"李景和苦苦哀求道：

“我们真的没有钱。”纠察队员不高兴了，“那就把上衣和裤兜里的东西全掏出来。”他们开始检查我们所有可能装钱的地方，结果当然很是失望。“纠察”索性让我们穿着单衣单裤站了好半天，直到冻得我们又搓手又跺脚，才被允许穿上棉衣和外套。

也许是到下班时间了，两个纠察队员互相使了个眼色，冲着我们说：“知道错了没有？”“知道了。”“下次还犯不犯了？”“不犯了。”我们看有一线希望，一个劲儿地认错、表态。“纠察”终于把手一挥，示意让我们走：“如果再抓住你们就送公安局！”我们连说“谢谢”“谢谢”，扛起行李快步离开了那个黑暗的小屋。

出来后，先找到一个小饭馆每人吃了个烧饼喝了碗热水，然后到车站售票处，好像是各自花了8毛钱买火车票，到站沈阳。

列车到达沈阳站的时候，我们没有出来，一直在站台附近徘徊。一连好几趟驶往北京方向的列车因为检查严格，都没有能上去车。一直到天很黑了，我们又冷又饿，正商量着要不要出站再买张票上车的时候，突然出现的“纠察队”与我们相遇了。就在大喝“站住”的一刹那，我们几个都吓傻了，一动不动站在原地，任凭“纠察”训斥和摆布。不知是天寒还是害怕，我的身上一阵战栗。

一个“纠察”看我们几个蔫蔫地站在面前，严肃地说：“不要命啦，到处乱跑要惹祸的。”我们从他那里得知，前不久，有知青扒油罐车被冻死冻伤，还有知青为躲避巡查，趴错道岔被火车碾死了。“纠察”大声警告我们说：“你们像没头苍蝇到处乱窜，有个三长两短对得起爹妈吗！”听到这些话，我们紧张的情绪稍稍缓了一下。接下来出乎意料，“纠察”不但没有驱赶或者押解我们走，反而充满善意地对我们说：“11 点多钟有趟开往北京的车，进 6 站台，你们到 6 站台等着吧。”听到这话，就像遇到了菩萨，我们的眼睛都放光了，那颗提到嗓子眼的心“扑通”一下放了下来。

大家商量好，这次上了车，各自分开，到天津站统一下车。上车后，我发现这趟车是趟快车，因为站与站之间距离很长，每一站停留的时间比起慢车也短许多。凑巧的是，没出两站地，我居然获得了一个座位。我暗自庆幸，终于可以闭上眼睛打个盹了，如果顺利，一觉醒来就可以到天津了。

忘记是在哪一站了，上来一个十七八岁的小伙子，背着一个小女孩，在人流簇拥下挤到了我的座位旁。小伙子个头不高，看样子像个学生，穿着一件带补丁的黑棉袄，脖子上挂着一个旧书包，可能是进站拥挤和奔跑的缘故，头上还冒着汗，气喘吁吁的。他背上的女孩也就五六岁的样子，身体虚弱，脸蛋通红，眼睛微闭，透出一副难受的样子。小伙子站在那里，过一阵就换个姿势，或抱，或背，或扛，多次想把女孩放下来，就是找不到一个合适的空间。

小伙子告诉周边人，女孩是他的妹妹，从小患小儿麻痹症，一只腿先天缺陷，最近又莫名地发起高烧，连续好多天了。一家人跑了好几趟公社医院也没见好转。大夫建议转院。有人问小伙子："那你父母呢？"小伙儿说："我爹常年哮喘，只有俺娘带弟弟妹妹在家，离不开。"这个时候，我早已困得滴里当啷了，坐在座位上一直昏昏沉沉，一点儿站起来的力气也没有，只是由于两次遭遇"纠察"而心有余悸，始终没有沉睡。小伙子兄妹俩的情况让我有点于心不忍，我看一直没有人让位给他，便狠了狠心站了起来，请他带妹妹在我的座位上坐下。可无论怎么劝，小伙子就是不肯。我索性把我的行李从行李架上拿下来放到座位下面，借着座椅靠背攀上了行李架，又将我的棉大衣盖在身上。小伙子这才带着妹妹坐在了我的位置上。

蜷在行李架上的我很快睡着了。不知过了多久，朦朦胧胧地意识到火车上开始检票了。我一下子醒过来，身子缩成一团，把棉大衣拽得更严实，假装睡着，不时偷偷观察下面的情况。我的心怦怦跳，心里想着千万别被发现。

坐在我座位上的小伙子这时更是坐立不安。他抱起妹妹想往下一节车厢走，旁边有人拽住了他，“别怕，一会儿就说你买的站票，上车时挤丢了。”小伙子犹豫了一下又坐了下来。不一会儿，乘警和检票人员来到跟前。检票人问小伙子：“你的票呢？”“没有票。”他很坦白。话音未落，检票人便大声喝道：“没票补票！”小伙子央求检票员说：“我带的钱是借来给妹妹看病的。买了票看病就没钱了。”话没说完，检票员毫不客气地质问道：“有钱看病就没钱买票吗？想看病就得买票，知不知道？要不就下车听候处理！”周围的人看到这个情况对小伙子表示同情。有人建议，“很快就到地方了，看小妹妹病重的份上，补上一站票算了。”“是啊，这样既买了票，也成全了小伙子。”检票员听有人这样讲很不高兴，“同志，你替谁说话呢？我们人民列车是有规矩的，都这么没原则那铁路秩序还要不要？您还有没有立场？”说着，不由分说把小伙子拽了起来。小伙子沮丧地背起妹妹，离开了座位，任凭检票人员推搡，无可奈何地向车门口走去。我看见小妹妹气力全无地趴在哥哥的背上，没有眼泪，也没有哭闹。就在小伙子背起她的一瞬间，听到她对哥哥说了句：“哥，我想喝水……”

火车到站的时候，小伙子和他的妹妹被赶下了车。兄妹俩后来又遭遇了什么，小妹妹的病看上了没有，都不得而知。我只知道也许正是因为他们的遭遇，我才有幸躲过这次检票。

列车一路奔驰，很快天就亮了。按照约定我们从不同的车厢在天津站下了车。一溜小跑，在一个站内公共厕所会合了。不知怎么那么倒霉，我们兴高采烈相会在厕所，一个“纠察”恰巧正在小便。当我们看到他胳膊上的袖标时，已经没有任何退路。“纠察”注意到我们慌慌张张又狼狈不堪的样子，回过头来，喝道：“是逃票的吧？把票拿出来！”不用说，我们又一次被“一网打尽”。当时大概不到早晨 6 点钟。

一个挂着“值班室”牌子的屋子里，有两个值班员正在围着火炉烤玉米粒吃。那个逮住我们的“纠察”让我们并排站在墙角，和那两个值班员小声说了几句话，转身离开了，再也没有回来。两个值班员理也不理我们，继续吃着烤玉米。那股玉米香味儿飘满整个屋子，把我们肚子里的馋虫一股脑勾了出来。看着人家烤玉米，我们被强烈的饥饿感搅得一阵阵眩晕。说实话，尝到了极度饥饿的滋味，才体会到什么叫作垂涎欲滴和饥饿难挨。

墙上的钟表，嘀嗒嘀嗒转了有两个小时。那俩人还是对我们不理不睬。我们站在屋角原地坐下不行，活动一下也不行，说话更不行。那种变相体罚和人为的漫长等待真的是无比难熬。我不知道他们葫芦里卖的是什么药，等待我们的是什么，一旦受到处罚又会怎么样，我的头脑完全麻木了。

直到新的值班员上班，我们才被理会。一个带袖标的人把我们叫到桌子旁，“是没买票吧？”他拿出几张纸，递给我们：“把姓名，从哪儿来，到哪儿去，家庭住址，父母姓名，工作单位都写出来。……在补票、处罚、通过父母单位扣款几个选项中选择一项写在纸上。”这一招把我们给镇住了，我们不知所措。沉默了一会儿，李景和解释说：“我父亲没了，母亲是家庭妇女，没工作单位，我只能任凭处罚。”我们几个也跟着纷纷叫苦，一致表示听任处罚。

那年冬天，由于我的手指甲长倒刺，加上冻伤，左手的四个指甲缝都化了脓，后来指甲盖都烂掉了，伸出手来惨不忍睹。我一边诉苦，一边伸出手让“纠察”看，但是没有收获一点儿同情。“纠察”严肃地说：“这里不是收容所，也不是慈善机构，解决你们的问题除了补票就是拘留。”我们赶紧又拿出介绍信给“纠察”看，“纠察”把介绍信扔到一边，冲着另外一个“纠察”说：“搜一下再说。”

这次，真的是遇上了茬子。我们几乎脱光了所有的衣服，鞋垫也被翻出来，就连裤衩也要抻开看看会不会藏钱。看来，有不少知青扒车被抓过。“纠察”已经把扒车的知青当作惯犯和流窜犯了。说真的，我从小就学雷锋做好事，一直受到遵纪守法教育，几乎是在表扬与嘉奖中长大，此时的内心非常复杂。尽管当时已经不像第一次被抓时那样恐惧，但仍然有一种羞愧和耻辱感。想一想过去全部的成长，都是在理想主义的鼓舞下昂首走在大路上，意气风发，斗志昂扬……而今天的我忽然变成被人训斥搜身、嗤之以鼻，连头也抬不起来的小混混。我既对自己扒车的选择感到彷徨，又对“纠察”的蛮横感到愤恨。不过现在回想起来，当时那个逃票被抓，脏兮兮、蓬头垢面、寒酸潦倒的样子，会得到谁的同情和尊重呢？反过来，身处当时的境遇，除了回家的梦想，我们自身还有多少尊严和名誉需要坚守？

到午饭时间了，我站在那里已经有点发晕、摇晃。再熬下去恐怕真的坚持不住了。两个值班的“纠察”轮流吃过午饭，仍没有放过我们的意思。领班的“纠察”抽了一支烟，便躺在值班床上闭上了眼睛。我们站在一旁，一动不动地看着他们，不管三七二十一，干脆一屁股坐在了行李包上。也许是时间拉得太长，再审下去不会有任何结果，也许是因为我们几个人坐了一地，晃来晃去影响他们休息，躺在床上的“纠察”猛地坐了起来，有点不耐烦地对另一个“纠察”说：“让他们滚吧！”然后一头倒在了枕头上。听到这句话，我们比过年杀猪还兴奋，悬着的心一下落了地，扛起行李一溜烟“滚”了出来，逃脱了这场持续七个多小时的“聆讯审查”。

下午一点半左右，行李存在了车站寄存处，每人花了两块九毛钱买好了到北京的火车票，然后跑到狗不理包子铺，一人两屉，饿狼似的饱餐了一顿。九个月了，几乎没见到一点油星，几十个狗不理吃下去，算是把馋虫给解了。

之后，我们来到公共澡堂，准备“像个孩子样”回家见父母。那时的城市公共澡堂经常排长队，人满为患。我们排了好一阵才洗上澡。奇怪的是，当我们在浴池泡澡的时候，人却大大地减少了，后来池子里只剩下我们几个人。不一会儿竟有工作人员来对我们进行质询。长期汗流浃背的生活，寒冷漫长又无奈的冬天，一路南行的风尘坎坷，几个不守规矩的知青，早已是浑身晦气、肮脏不堪。其实刚进来时，我偷偷对着镜子瞄了一下自己，不用说身上什么样了，就连脸上都是皴，加上蓬乱的头发，看上去就是一个叫花子。难怪一路上被盘查追问，当作异类呢。

我们中的一名同学，夏天被蚊子臭虫咬得浑身是包，瘙痒迫使他不断地挠，直到糜烂、生疮。到了冬天，身上布满了点点的红斑和疮痕，谁看上去，都会误以为是皮肤病。这也许正是洗澡的人纷纷避开，工作人员前来提示“禁止皮肤病人入内”，并对我们进行驱赶的原因。我们并没有因为驱赶离开澡堂。有过这次扒车的经历，多少有了一点“死猪不怕开水烫”的精神。所以，当我们从澡堂出来的时候每个人都是“旧貌换新颜”。

几天来的遭遇让我们尝尽了辛酸苦涩，体验了卑微卑贱、委曲求全、羞愧羞辱，也感受了人间冷暖。当最终回到北京的时候，我们真的长大了许多。

两三年后，再次回家探亲时，我曾把这件事讲给朋友听，无意间被妈妈听到了。真的是“儿行千里母担忧”。那晚，我看见老妈一直在伤心地流泪。我睡下后，她又走过来久久坐在我的床边。有一个细节我永远都不会忘记：我知道妈妈坐在我的床前，但是我不敢睁开眼睛，又抑制不住内心的感动，我的眼泪禁不住从眼角流了出来。妈妈发现了，她轻轻地拭去我眼角的泪水，喃喃地说：“咱再没钱也不能扒车了，又遭罪又丢人。妈能省出你的路费来啊。傻孩子，可别干傻事啦！”……

我敢说，全世界的人都知道，不买票乘车是可耻的，扒车或蹭票被依法处罚理所当然。不过，可能因为“同是天涯沦落人”吧，我至今对扒车抱有一种特殊的同情。其实，人都有尊严、有人格，需要体面，更希望被尊重。但贫穷真的可以使人不顾及体面和道德评价，从而忽略自己的尊严。这和人品并无本质的联系。“仓廪实而知礼节，衣食足而知荣辱。”随着社会的发展，扒车的现象已经非常罕见了，我想，这并不归功于严查，主要是人民生活得到了普遍的改善。改革开放给人民带来了实惠，收获了所有的秩序、体面、尊重和尊严。

洗　澡

1970年的冬天，天寒地冻，难熬至极。原来住的老乡家拆盖房子，我们几个男生临时搬到生产队的草料房住。炕是临时搭的，烧起来带着一股潮气，还从炕洞呼呼往外冒烟，大家索性也不烧炕了，结果闹得屋子里一点儿热气也没有。屋檐和墙体又漏风，进到屋里就像进到了冰窖。尽管门缝、窗台用纸补了又补，房角上还是挂起了长长的冰凌。屋子里唯一有点热乎气的地方就是行李卷的下面。每每回到屋里，第一件事就是把手伸到行李底下，让快冻僵的手从那里获取一点点温暖。到了晚上，户外零下二三十度，屋子里除了没有寒风呼啸，其他和户外相差无几。

我在褥子下面铺了一张从生产队借来的牛皮，睡觉时把所有能盖的东西都盖到被子上，钻进被窝里缩成一团。那时最尴尬的一件事是身上生虱子，浑身瘙痒难忍。掐又掐不过来，于是一到冬天，睡觉前，经常会把内裤脱下来，打开窗子用小棍将内裤挑到房檐上，让虱子们“经风雨、见世面”。早晨，虱子全部被冻死，再用小棍把内裤挑下来，抖一抖白花花死掉的虱子、虮子，然后放到被窝里暖和一下再穿上。这个草料房温度极低，只要把内裤扔到窗台上，虱子就能被冻死。

那个冬天我遇到的最大困难就是洗漱。水缸里的水一定会结冰的，洗脸洗脚必须到挺远的水井去挑水。井沿儿上冰冻得像小山似的，一不小心就滑倒。水挑回来要直接放到锅里烧热，可灶坑一烧就冒烟。柴禾本来就短缺，又被雪浸得潮潮的，点起来很困难。白天干了一天活儿，筋疲力尽，又累又困，为了洗脸真的一点儿也不想再动弹。开始，我偶尔有一两次罢洗，到后来，索性放弃了正常的洗漱，豁出去，脸不要了。就这样一直维持到了年根儿，真的没有什么孩子样了。

有一天，大队的老勤务员忽然跑来，把一张汇款单塞

到我的手上。打开一看，原来是哥哥寄来了 30 元钱。当时，我的父亲被停薪下放，母亲一个月只有不到 28 元的工资，不仅要支撑母亲、姐姐和两个妹妹的生活，还要接济父亲。哥哥大学毕业被分配到青海的一个军队农场，每月有 50 元的收入。他省吃俭用，每月都要拿出 30 元来接济全家的生活。一想到哥哥和全家的窘境，我的心里酸酸的，禁不住掉下泪来。

30 元在农村可是一个不小的数字。当时我所在的生产队一个壮劳力出一天工平均只挣 10 个工分，年底核算 10 分也仅折合 4~8 毛钱。30 元现金在谁那里都是如获至宝。因此，“小李子哥哥寄钱来了”的消息很快就在屯子里传开了。

上一年，我和老乡们一样，起早贪黑、辛辛苦苦干了春夏秋冬，不但一分钱没挣到，扣去口粮和公摊费用还倒欠了生产队几十元钱。到了这个冬天，老乡们都穿戴毛草，我还戴着上学时的栽绒帽子和妈妈为我做的棉手套。一双灯芯绒的黑棉鞋不仅不能御寒，而且已经被高粱茬子刮出口子，鞋底子滑得要命，走在冰上经常摔跤。每天出工的感受就是寒彻骨、透心凉。如果没有妈妈为我买的那件棉大衣，我可能早就被冻成冰棍了。

拿到汇款单，我顾不上去找能搭乘的交通工具，一气步行十几里地到公社邮局取出钱，转头跑到供销社，花 7 块 5 毛钱买了一双大头鞋，3 块钱买了一个兔皮帽子，又花了 2 块钱买了一副狗皮手套，先把燃眉之急解决了。下来的事情就是处理个人卫生。

长期不洗澡不仅浑身难受，而且成了我的一块心病。快到小年了，总不能回北京的时候因为又脏又臭，让妈妈伤心吧。可那时，只有县城才有公共澡堂，来回必须得乘公共汽车，搞不好还要住上一晚，至少也得 6 块钱，再吃两顿饭，这钱就所剩不多了。总得把回家的路费留够啊。那当儿，正好队里有到县城卖草的马车，我和跟班的老乡商量好，我替他跟班，他替我在场院打场，一来不用误工，二来顺便可以把澡洗了。

记得是一个飘雪的夜晚，大约凌晨 3 点多钟，我穿戴齐全地爬上了头天费九牛二虎之力装好草的马车，开始上路了。从犁杖屯到县城大约 120 多里路。冰雪深辙，水面封冻，上坡下坡，路况很差。马车在突兀不平的路上行驶，上坡的时候非常吃力，我必须下来帮助推；下坡的时候，往往又搂不住车，驾辕的马几乎坐在地上，有几次我差点从车上翻下去。正常的话，车老板和跟班会轮流赶车，轮流休息。我作跟班，手生技薄，老板子不放心，只好一个人多挨冻、受累、担责任。因为这个，一路上车老板没少唠叨。

我蜷缩在高高的草窝里，任凭马车剧烈地摇晃颠簸。凛冽的寒风呼啸着，像吹哨似的在耳边刮过，啪啪的鞭响声和车老板不停的吆喝声夹杂在其中。我清楚地看到车老板在刺骨寒风下，长鞭高扬，浑身结霜，嘴吐哈气，全神贯注的样子，忽然大喊了一声："老板，辛苦了，这趟来回的饭钱我包啦！"

到了中午打尖的时候，我发觉，尽管自己穿着大头鞋，双脚还是失去了知觉，麻木得不听使唤。从车上下来时，竟然直接滑倒在地上。我有点害怕，担心双脚会生冻疮烂掉甚至被截肢，一时间不知所措。车老板看到我的样子，从饭馆借了个脸盆儿给我，"去，到路边装上盆雪，用手搓，一直搓到缓过来，缓不过来不许吃饭。"我已经被双脚失去知觉吓着了，只好乖乖地照着他的话做。大概有半个小时的工夫，我的脚发热有了知觉。这时候，车老板已经吃完饭，他冲着我说："你去给马添点草料，吃完饭，把马饮好，结账，套车，再来叫我，咱们接着赶路。"

天擦黑的时候到了县城。先到收购站过称，卸草，结账，忙了好一阵。随后，我们找到一家大车店安顿下来。接下来的活都是跟班的事：卸车、饮马、拌料、添草，直到马快吃饱了，车老板才领着我上街去吃晚饭。

刚刚走到一家饭馆门口，碰巧遇到了大队书记蒋海秋。那阵子他为解决犁杖屯通电的事经常往县里跑。一见面便说：“小李子，听说你哥哥寄钱来了，今天你就请客啦？”

饭馆里热腾腾的，坐在八仙桌旁，我感觉到入冬以来从未有过的温暖。我点了炒鸡蛋、红焖肉、渍菜粉、炖豆腐，又要了一壶酒，外加花生米和六大碗高粱米饭，花了4块6毛多钱。一瓶酒下肚，把蒋书记和车老板喝得兴致勃勃的，借着酒劲还把我好一顿夸赞。车老板一肚子的怨气也没有了。对我来说，这顿饭就像过年一样，又开荤又解馋。我狼吞虎咽地吃了个饱。趁书记和车老板高兴，我提出要去澡堂洗个澡，然后一个人喜滋滋地走上街头。

县城不大，路两边多是土坯房，有几个旅店、商店，可能算是大建筑了。路两旁堆满了雪，稀疏的路灯散发着昏黄的光晕。晚上六七点钟街道上已经空空如也，一路上连个问路的人也找不到。一会儿，又飘起雪花，雪片像鹅毛一样，静悄悄的，漫天飞舞。我在迷茫的黑暗中不知走了多久，脚底下的鞋垫都从鞋后跟处挤了出来，浑身汗津津的。身上、头上、胡子上落满了雪，随着呼吸，大口的哈气雾腾腾地在眼前缭绕，每眨一下眼睛，睫毛上的雪就会融化，像泪水一样淌下来。

借着昏暗的灯光，我发现一处冒着白烟的砖房。我猜到是洗澡堂，顿时兴奋起来，深一脚浅一脚地疾步走了过去。一个看门的老大爷拦住了我："你是来洗澡的吗？""是呀。"我回答。老大爷用手往门上指了指，我顺手看去，一下呆住了，澡堂门口挂了个牌子，上面写着"今日女宾"。原来这个公共澡堂每周开六天，一天对男宾开放，一天对女宾开放。我来当天正好是对女宾的开放日，这让我哭笑不得。花了这么大的功夫为了洗个澡，偏偏赶上这么个倒霉事，我真的不甘心。我问看门人："老同志，请问营业到什么时候？""九点"，看门的大爷一边往屋里走一边说。我赶紧跟上去："大爷，我是北京知青，一百多里地来这儿，就是想洗个澡。"老大爷迟疑了一下，说："那我现在让你进去，你进吗？"我央求道："大爷，您看这样行不？等九点以后，您让我进去……我保证最多占您 20 分钟，然后我帮您打扫卫生。""不行。"没等我说完，大爷断然予以拒绝。我赶紧加了一句："那我多交一份钱？"大爷斜了我一眼。那时洗澡的价格是 2 毛 6 分一位。我心想，只要能洗上澡，别说加一倍，就是再多点也行。可是，澡堂看门人不但没动心，反而生气了："你就是给我十块钱也得等到明天。"说罢，"哐当"一声把门关上了。

一瞬间，我心里久久期待的奢望破灭了。我委屈、茫然，木呆呆地在澡堂门口站了好半天，最后，还是无可奈何地转过身，重新回到迷乱的风雪中。我的眼前，除了纷乱的飞雪就是死寂的黑暗。我忽然发现来时的路是那么长，路灯洒落的光线是那么的恍惚和微弱，满脸呆滞的我，承载着一种从未有过的孤独与无助，寻着来时那行长长的印迹走回大车店。

大车店是东北地区专门为车老板开的旅店。院子很大，有停放马车的场子，有水井和一排排的拴马桩、喂马槽。屋内挂着一排马灯，主要是方便车老板们起夜喂马照明。一铺大炕有几十米长，可以足足睡上五六十人。我进来时，马灯已经调暗，车老板们差不多都躺在炕上打呼噜了。只有取暖的火炉还在噗噗作响，一闪一闪地冒着火光。

走到火炉旁，我脱下淋湿的帽子、手套和大衣，脱下鞋取出鞋垫，边烘烤，边取暖，又随手从水桶里舀了一碗水咕咚咕咚喝了一阵。我失落地望着若明若暗的火苗和被火炉烤热的铁桶，忽然想到户外的水井和马槽，顿时闪出兴奋的目光，对呀，这里可以洗澡呀！我望了望炕上鼾声四起的车老板们，心想，明天一早就要返回屯子，现在是唯一的机会，否则真就白来了。

我顾不得别人的感受，顺手拎起小桶到外边打了一桶水，轻轻地放在火炉上，又轻手轻脚地走到外面，把盛料的马槽用水冲了一遍，抬起来扛到火炉边，把烧热的水倒在马槽里，然后找来一块肥皂，一件一件地脱去衣裳，把毛巾沾湿后，开始搓洗起来。这一洗不要紧，哗啦啦的水声惊醒了炕上的车老板们，一盏盏的马灯又亮了起来。有人接二连三地冲着赤条条的我吆喝着："老弟，明天白天再洗不行吗？""老弟，动静小点好不好？""伙计，你不是图这儿洗澡不花钱吧？"我的车老板也醒了："别给我丢人了，赶快上炕睡觉！"当时，我也是"死猪不怕开水烫"了，一声也没吭，但一会儿也没停，只是动作变得更轻了。不知什么时候，马灯又暗了下来，大通炕上又传来此起彼伏的呼噜声。我庆幸自己了却了一桩心事。进城洗澡的使命总算完成了。

这种满足感使我一度兴奋。只是到了后来我才知道，这次洗澡还是留下了不小的缺憾。因为长期风吹日晒又不洗脸，我的脸上已形成了厚厚的一层泥皮，又脏又硬，东北人把它叫皴。那晚在大车店洗澡，既没有照明又没有镜子，加上车老板们的反对声，匆忙潦草，留下死角，有的地方洗干净了，有的地方面貌依旧，结果，自己把自己洗花脸了。一介白面书生完全变成了一副落魄的样子。

没过多久，我如此这般地回到了北京。一进门就被姐姐发现了，她拿着热毛巾一边心疼一边埋怨地帮我把脸洗干净。她有句话我一直记得：妈的眼泪流得够多了，再苦再难咱可不能让她再伤心了。

修　堤

我下乡的地方位于嫩江右岸下游，洮儿河是其最大的支流。江河肆虐无常，经年累月形成许多天然的湖泊（当地人叫水泡子，如黑鱼泡、月亮泡），成为大大小小的天然蓄水库。洪水泛滥的时候，这些河流、泡子就成了水患，对城镇、油田、耕地等形成威胁。百年大计就是修防洪堤。那时，没有今天这样的装备和技术，主要靠人拉肩扛、人海战术。基本的做法就是向农村摊派或征用劳动力。出民工，也就成了生产队必须的义务。

又是一个秋季。庄稼地还没收拾干净，修防洪堤的任务又摊派下来。老乡们家里活计多，一听说出民工都叽叽歪歪老大不愿意。知青无牵无挂，还可以吃现成饭，自然是积极响应。

生产队家庭户数是分配工作量的主要依据。我们队不到 40 户人家，分配了大约 40 米长的筑坝任务。总土方量有 1000 多立方米。估算下来，一个出工的劳力平均要承担 70 余方近百吨的工作量，每人每天连挖带挑须运送差不多 3 方土。不歇脚地干，大概也要 10 多个小时。指挥部的政策是，只要质量合格，谁先干完谁回家。为此，好多生产队把能动员的劳动力都派上来了。整个工地红旗招展，热火朝天。

沿江地区，地下水位高，挖上两锹就会出水。这给我们带来了很大困难。

工地远离村庄，又没有帐篷，只能搭地窨子，即：挖地三尺，用取出来的土堆成矮墙，再用树枝、木棍当支架，搭在矮墙上，铺上草作房盖；里面，土坑的四壁就是墙面，坑底平整后也铺上草，当床铺。为避免渗水，往下只挖了不到两尺深，铺上草后，再铺上牛皮、羊皮和褥子。地窨子不仅黑暗潮湿，连坐着都会碰头。几天下来，被子、褥子都是潮潮的。随着天气越来越冷，那滋味不堪回首。

刚过秋收，粮食很充足，不仅有大葱、大酱，还有土豆、萝卜。只是做饭必须要露天，先要挖些草皮来，切成砖的形状，然后搭一个灶坑，再放上一大一小两口锅，旁边不远再挖上一口一米多深的土井，让地下水慢慢渗出，大约有两尺来深的时候，用桶把水汲出来，倒到一个缸里沉淀。渴了，就到缸里舀水喝。无论哪顿饭、吃什么都会吃到沙子。更难捱的是，沿江地区三天两头下雨，不是布篷子漏雨，就是柴禾点不着，要经常吃夹生饭。

修堤的挑战就更多了。因为一挖土就渗水，取土坑呈长方形迅速扩展，运土距离拉得很长，劳动强度越来越大。各队都想早完工，偷工减料现象不断出现。队与队之间接缝的地方，谁都不想多挑一担土。坝修得越高，鸿沟越大。为了一担土往往会吵来吵去，闹出许多的不愉快。指挥部的施工员快把嘴磨破了，还是纠纷不断。这样的施工结合部也许真的是堤坝决口的隐患。

苦干了40多天，我们的任务才基本完成。这时候，许多生产队已经班师回朝了，大家的厌战情绪弥漫。队长一天到晚急赤白脸的，就像吃错了药。现在工程就要验收了，往日的牢骚、争吵、委屈，一股脑儿咽到了肚子里。队长派人买来酒，又用黄豆换来豆腐和豆油，叫炊事员炒了几个菜，趁着天亮犒劳了大家一顿。记得那天他喝得有点高，又是掐脸又是拍我的肩膀，说了句：“你小子，涨膘啦，没白熬！”

晚饭后，大伙相邀爬到新筑起的大坝顶上。一眼望去，大坝就像横空出世，绵延数里。连我自己都不敢相信：这是我们用扁担堆起来的吗？坝外，一望无际的芦苇轻轻摇曳，太阳把天染成橘红色，不断有水鸟嬉戏着飞过头顶，有时就落在我们的身旁。坝里，看不到人迹、树木，也看不到村庄，已经变黄了的小叶樟随风起舞，宛若一片金色的海洋。有割过草的地方，零零落落地堆着高高的草垛。已经取过土的土方坑渗满了水，一个挨一个沿堤排列，连成一体。顺着大堤望去，就像一条宽阔的河流。来回挑土的小路，宛如横在这条河上的一座座小桥。云彩倒映在其中，飘动着、变幻着，色彩斑斓，给人一种舒展、安详和奇妙的感受。

当晚，我睡得特别香，梦见自己在撒网，爸爸妈妈坐着小船向我划来……

猛地，一阵惶恐的呼喊把我惊醒，“着火了！着火了！”……“快往坝上跑，快点，快跑！”我迷迷瞪瞪地爬起来，也没看清哪里着火，抱起行李跟着大伙儿就往坝上跑。到了坝上，才发现是草原失火了。

大片的草原燃起熊熊烈火，无情地吞噬着干黄的小叶樟。黑暗的天空被火光照亮。很快，眼前的草场已经蔓延成一片火海，且向着我们汹涌袭来。我被这突如其来的情景吓坏了。前面是草原，后面是芦苇，大火一旦烧到眼前，还有得跑吗？远远望着肆意的火焰，我的心怦怦跳。会有人救火吗？怎么才能阻止火势蔓延？是有人吸烟引起火灾，还是阶级敌人搞破坏？火一旦烧到这里怎么办？脑子里像过电影一样，晃过一连串无解的问题。

几个小时过去了，火还在烧，而且越来越大。眼看着半拉天空都被烧红，火头就像汹涌的潮水朝我们涌来，离大坝越来越近。我们已经能感觉到浓烈的烟熏和微微的火烤。真的要陷入火海了！我的心快揪到了嗓子眼儿，肌肉和神经都绷得紧紧的。我恨老天爷无情，不该下雨时总是下雨，到了需要雨的时候，居然刮起风来。“快，躲到坝外去！”有人在喊。所有人不约而同从坝顶到了坝外。这时的大坝，俨然成了我们唯一的挡火墙。

天快亮了，我们住过的地窨子开始燃烧，很快被一个一个烧成灰烬。火海排山倒海来到面前。烈焰凶猛地咆哮，猛烈地燃烧，发出震耳欲聋的声响。我把身子紧紧贴在堤坝上，低下头，闭上眼，屏住呼吸，等待大火窜向大坝，穿过头顶。我完全被恐惧占据了，抱着头的双手开始颤抖，脑子里全都是末日的感觉。

不知过了多久，惊心动魄的烈焰始终在原地咆哮。浓烟、热浪似乎开始退潮。借着黎明，可以看到，虽有火还在远处蔓延燃烧，但火海已经消失。眼前呈现的是大片的焦土。小叶樟、乌拉草都不见了。金黄的世界一下子染成了黑色。只有那些取土池，像一条蜿蜒绵长的护堤河，为我们在黑色世界间划出了一道清晰的界线。有一层淡淡的草木灰飘落在水中，但是，依然可以看到水中倒映的云彩。水波粼粼就像一条银色的玉带。是它，原来是它，是这个取土池挡住了排山倒海般的烈焰，避免了坝外的灾难，也护卫了我们的平安。高水位带来的渗水现象，像妖魔一样为难了我们那么久，原来是与我们开了一个大大的玩笑。

1998年，嫩江下游再一次遭遇了特大洪水。我下乡的犁杖屯全被淹掉了。整个屯子都搬迁到了新的地方。大队知青自发地组织起来，向乡亲们捐款捐物。我的第一反应是：当年成千上万的人筑起的防洪堤怎么样啦？

其实，几十年来，当地的治水工程从未间断。到后来防洪堤仅仅是治水的措施之一。当地政府和人民不仅通过挡水，更多的是通过引水、蓄水，苇草灌溉，养殖渔业，开发湿地，湖泊治理，设立自然保护区等综合措施，使整个流域的生态环境和农村经济都发生了巨大的变化。

今天，说起曾经的故事，仿佛就像做了一场梦。

丧　事

1973年年末，多种因素的合力，把我推上了生产队长的岗位。刚转过年来，就遇到一件事：小柳死了。

说叫小柳，其实人已有四十三四岁，看上去体格柔弱，整个人长得既袖珍又老气。因为瘦小被称为小柳。至于他的大名压根就没人提起。小柳是生产队里的木匠，可能是身体单薄的缘故，除了木匠活什么都拿不起来，连自家的自留地都伺候不明白。因为劳累，不到40岁就患了哮喘病，一辈子也没娶上媳妇，生活得十分清苦。他的房子里除了一床又脏又破的棉被、一片炕席、两口锅外，什么都没有。只有那套跟了他30年的木匠工具和工具箱，算是他的命根子了。

他有一个姐姐，嫁给了一个叫孔三的男人。孔三成分不好，人也懦弱，家里穷得叮当响。姐弟两家合伙盖了屯子里最简陋的那种只有五根檩子的土坯房，一共三间，两家人各住一头，中间灶屋各用一半。小柳没事的时候就坐在炕上边咳嗽边吸烟。有时烧上一壶浓浓的茶，饮上几口，再咳嗽一阵。说话也是有气无力的。因为他的身体越来越弱，慢慢地也就不出来做活了。

一天早上，天刚放亮，纷纷扬扬飘起了雪花。大家正议论要不要到场院打场，小柳的姐姐忽然跑来，她大声喊："李队长，小柳走啦！"我惊诧了一下，一时间不知说什么好，犹豫了片刻，冒出一句："你看我能帮你什么？"小柳姐姐哭丧着脸说："请队上帮忙把后事处理一下吧！"此时，我看着小柳姐姐（大家都叫他孔三媳妇）一脸的苦衷，嘴角颤抖着，躯干微微弯曲，50来岁已经憔悴得不像样子。顿时，触动了我的怜悯之心。不过，说实话，我也从来没有经历过这种事，当时真的不知道怎么办好。

小柳姐姐说："人走了，总不能用炕席一卷就下葬吧？求求你，能不能给他弄口棺材。"如果让我出劳动力不算问题，向我要棺材，可把我难住了。当时生产队穷得什么都没有，仓库里只有一个装种子的大木柜，还是“土改”时留下来的。在场的人你看看我，我看看你，都不知说什么才好。我内心也在斗争，答应吧，没处着落；拒绝吧，人死了连点善心都不发，真的怕伤到她。正在犯难的时候，我猛地看到草料房前的小马槽子，木质的，大约一米六长、四十公分深，两个堵头呈梯形，敞口有五十多公分，是专门随车喂马用的饲料容器。放一个小柳应当没有问题。我沉默了一会儿，指着小马槽转身对小柳姐姐说：“如果你不介意，用那个小马槽改口棺材行不？”小柳姐姐哭泣着走到小马槽旁，仔细端详了一阵，抬头对我说：“就是它吧，我替我弟谢谢李队长了。”

我派人找来三队和六队的木匠，请他们到林场砍伐了一些树杈，用来盖“棺材”。又派了几名年岁大些的老乡到小柳家里帮助处理遗体，穿衣服。入殓的时候我也去了。看着大家把小柳抬放到小马槽里，两个木匠用斧子把砍来的树杈一根根削直找平，又一根一根地钉在小马槽上，一股悲哀、怜悯和伤感的情绪不禁涌上心间。六队的王木匠一边钉钉子，还一边叨唠着说：“小柳兄弟，躲着点”“小柳兄弟，咱们穷啊，有这口棺材你知足吧”……

当大家正准备把“棺材”抬上马车，不知谁又喊了一句，“哎，这儿还有一顶柳木匠的帽子呢！”王木匠接过帽子，弹了弹上面的灰尘，顺手把帽子从树枝拼成的“棺材盖”的间隙塞了进去。边塞边说：“这空档儿就是留着往里送东西的。还有别的没有？”随后，大家七手八脚把“棺材”抬上马车，往东岗子去了。

东岗子是犁杖屯的最高处，有片荒地，长着几十棵老树。站在那里眺望，天地相接，整个铁力屯和大片的土地、草甸尽收眼底。屯里人谁家死了孩子一般就往那儿一扔，连埋也不埋，任狼狗吞食。成人死了也都葬在那里。因为方圆几百里没有石头，所以坟前几乎见不到一块墓碑。久而久之，东岗子成了坟圈子，也有老乡把那儿叫“烂葬岗子”。

事先到那里的几个壮劳力已选好了下葬的地方，用镐头刨着炕。深冬，土地冰冻三尺，一镐下去也就留下一个点状的痕迹。大家轮换刨着这块铁板一样的冻土，虎口被震得生疼，人都快被冻僵了，直到最后也仅是刨了一个小小的坟坑。“棺材”吗，勉强放进去，但仍有一部分裸露着。有人用小柳的那张破炕席把“棺材”遮盖住，再用铁锹把刨出来的冻土一锹一锹地堆在席子上。因为几乎找不到浮土，所幸连雪带土把坟堆起来。最后，大家围着坟头静默了一阵。这时，雪大了起来，举目望去，漫天迷茫。偌大的雪片落在枯树上，落满头顶和全身，也让小柳的新坟披

上了洁白的衣裳。那阵儿，人们互相间已看不清各自的表情，只能看到一个个灰暗的身影。空旷的原野万径踪灭，偶尔卷起肆虐的雪团，枯木林中出奇的寂静。我忽然感觉到一种从未有过的哀怨和凝重，还有那种令人生畏的蛮荒和凄凉感。

第二天，小柳姐姐按照习俗，在家里办了两桌饭答谢大家。去帮忙的人都被请来，我也不例外。现场乱哄哄的，吃的是一大锅黏乎乎的高粱米饭，加上炖萝卜、炖豆腐、大酱咸菜，还有黄豆芽。

六队有一个外号叫孙大虎的人（大名隐去），这个人中等个儿，40 多岁，贫农成分，长得浓眉大眼，虎背熊腰。据说和小柳从小一起长大。第一次认识他，印象蛮不错。那时刚开春，寒气料峭，他早早来到生产队院里等候出工。当时，他穿着一身破绽的棉衣，蹲在队部的墙角旮旯，一边晒太阳，一边捏身上的虱子，见我过来便问寒问暖，十分热情。他还告诉我一些田间劳动必备的生产技能，有时还来集体户做客，讲起话来有板有眼的。我心想，这真是贫下中农啊。后来，有老贫农告诉我，这个人很狡猾，自私，好占便宜。对此我一直半信半疑。

那天，他比其他人来得都早。一进门就贼眉鼠眼地把小柳的工具箱连同工具抱在怀里，吃饭时干脆坐在屁股下。他边吃饭边当着众人的面，冲着小柳姐姐发难：柳木匠欠我钱，他走了钱没还，我也不朝你要，但这木匠“家活式儿”（工具）归我了。小柳姐姐反问他：“你有什么证据证明小柳欠你钱？拿不出证据你就甭想……”孙大虎说：“人死了，债还在。我也不是抢你的，这是小柳生前就说好的。”话没说完，孙大虎索性抱起工具箱就往外走，小柳姐姐连拉带扯也拦不住。

不一会儿，吃饭的、看热闹的站满了一院子人。这时孙大虎更放肆了，冲着人群喊：“小柳和我是兄弟，还不起债用木匠工具顶是他说的！”说着甩开小柳姐姐，指着女人的丈夫孔三大声说：“别拦我，东西我是要定了。你如舍不得这木匠‘家活式儿’，我就要木匠那间房的檩子，你信不信？”说完，抢过一个“二尺勾子”（农具）就要上房扒顶。他一只脚踩着工具箱，横握“二尺勾子”，横眉立目，气势汹汹。这个举动把小柳姐姐、姐夫吓蒙了。现场气氛一下紧张起来。那时，屯子里的人低头不见抬头见，最不想做的就是得罪人。遇上这样的无赖更是敢怒不敢言。也许正是这种心理，让孙大虎有恃无恐。

我曾经和孙大虎同在六队一段时间，知道他的家底：一家五口人，一共两床被，穷得连裤子都没的换，说有人欠他的债，鬼都不信。联想到老贫农讲过的他的一贯表现，更加确信他是乘人之危，公然敲诈。这么一个缺德的人如此猖狂，真的让人忍无可忍。我大步走到他的面前，猛地夺过“二尺勾子”，呵斥道：“你这个无赖，今天你要是敢拿走木匠工具，敢上房扒顶，我就宰了你。”说这话时，我已是一反常态。当时，正义的冲动完全充斥了我的血管，怒不可遏使自己顾不得真动起手来是什么后果。尽管他的力量比我大得多。孙大虎被我的突然发飙弄蒙了。正在孙大虎愣神的一刹那，我的两个知青伙伴出现了。他们不容分说，上去冲孙大虎就是一脚，不知又从哪里抓了一个马鞭，狠狠抽在孙大虎的身上。我几乎是同时听到了孙大虎的叫声和知青伙伴的怒吼。突如其来的攻击大大增加了我的勇气，也把孙大虎吓傻了。他根本想象不到平常友好相处的毛孩知青会和他针锋相对，且如此打抱不平。看到我们几个疾恶如仇又凶神恶煞的样子，立马尿了下来，半天结结巴巴说不出话来。在场的人群骚动起来，七嘴八舌地开起了孙大虎的批判会。特别是那个赶车老板王忠义大叔，结结巴巴，带头给孙大虎一痛唠叨，然后从我们手里要回鞭子，笑滋滋地离去了。一个弱肉强食的人物，瞬间变成了过街老鼠。

我当时宣布，小柳“遗产”谁也别惦记，他欠生产队的债有账可查，因此“遗产”归公。凡有小柳借条的可以到会计那儿核证，由生产队负责善后。随后，大家都散去了。

在我印象中，直到后来，也没有人拿着借条到会计那儿核证，所谓“遗产”也没有归公。孔三一家最终获得了小柳的“遗产”，不过他们的命运并没有改变。不久，孙大虎还是照旧到集体户串门……

那时的犁杖屯就像一部放映机，每天都会上演一部部的故事片，浓缩那个时代的社会掠影和人生百态。人在其中，五味杂陈。40 多年过去了，时间已经淹没了许多的记忆，但经历者没有忘掉它带给自己的那一份成长。我感谢那段生命旅程，让我经历了那些遥远的故事。

醉 酒

下乡的年代，如果说还有一点奢侈的东西，那就是酒。烟自己可以种，晾干搓碎随便用张纸卷一卷，男女老少任意享用。酒就不同了，在人情味浓厚的东北农村，男人并不像女人那样善于表达和交流，酒就是乡下男人间语言和情绪的载体。它既是胶黏剂又是润滑剂，还是壮胆、发泄的催化剂。你只有从会喝酒的男人身上，才能嗅到那种荷尔蒙散发出来的强悍。

那是我当生产队长后的第一个夏收。那年月小麦产量很低，往往是人工播种，又没有灌溉，丰歉皆由天。赶上风调雨顺收成好一点，除了交公粮，每家还能分上一两斗麦子。要是赶上干旱或水涝，可能连种子都收不回来。所以，过年过节能吃上饺子早已成为全队老少的梦想。

我们队有一个人姓郝，被划为右派从某市下放到这里。他超喜欢吃面，只是一吃面就浑身起荨麻疹。可是为了解馋，就是浑身奇痒也不忌口。在家里吃面，还能控制一下，一旦出民工集体改善伙食，他宁可瘙痒难捱甚至满地打滚也不能少吃一口。吃顿面食实在是太不容易了，那种诱惑足以使他宁愿把自己挠出血来。

为了能圆全队老少的梦想，我当队长后扩大了小麦种植面积，同时采取对部分地块精细耕作提高单位产量的办法，来补偿大田面积减少带来的减产。这在当时真的是一个有争议的决策。特别是又用贷款购进改良麦种，多多少少有点赌一把的味道了。还别说，老天真给面子，那年小麦长势特别喜人。乡亲们看到麦穗饱满、丰收在望，一个个笑逐颜开。我更是按捺不住内心的激动，闭上眼睛都会呈现出乡亲们喜气洋洋分小麦的场景。

麦收临近，大队唯一的一台拖拉机成了各队抢手的宝贝。一年前，大队刚刚添置了拖拉机，由于农机具不配套，拖拉机只能用来小麦播种和收割。不过，由于夏收季节天气无常，说不准什么时候下雨，而且一旦下起来往往骤雨连绵，拖拉机也只能停下来等天晴。有时，这个“铁牛”还不争气，一干活就趴窝，修起来没完没了。上一年麦收，我们生产队排了个倒数第二，结果等前几个生产队收完麦子，就赶上了大雨，小麦被风雨吹得大面积倒伏，眼巴巴看着到手的麦子损失惨重。我当队长暗下决心，一定不能让这种倒霉事重演。

其实，大队书记一直在为拖拉机排序这件事犯愁。为了把这件事处理好，他刻意在家摆了一桌酒席，把我们六个生产队的队长都请来，共商拖拉机收割安排。平时，我们几个队的头头在一起开会，大家称兄道弟的相处很融洽。我是知青、年龄小，又缺乏生产经验，他们待我就像小老弟一样，没少帮我出主意、提供各种支持。这回，书记款待大家，我自以为能心想事成。

饭局一开始，大队书记先是传达了公社对麦收工作的要求，讲了一通今年以来的生产形势，还特别讲到我们队的变化和小麦丰产的预期。他对大家的努力和贡献表示感谢。然后，在愉快的气氛中带头敬酒，开始了轻松的家宴。

东北农村祖祖辈辈在一块土地上繁衍，能扯上亲戚的人特别多，有的亲戚套亲戚连辈分都分不清。特别凑巧，我们来的六个人除了我以外，又是“姨夫”又是“妹夫”的都能和书记或书记媳妇搭上亲戚，一见面少不了扯闲淡，打情骂俏。

书记媳妇个子不高，穿着一件小花布衫，挺着高高的胸脯，腰上围着小围裙，头上别着一个银发簪，一副娇滴滴的仪态，丰乳肥臀的挺勾人。家里来了客人，她倒是猛给自己男人撑面子，笑眯眯地在几个老爷们面前张罗来张罗去。二队和四队队长故意和她打诨逗趣，她半理不理假装听不见，时不时摆出一副讨厌的样子。偶尔有一两句反击，把几个爷们招得嘻哈大笑。

大队书记废半天劲才把话题引到正事上。他就拖拉机安排提出了一个明确的方案，即在去年一队开始到六队结束的基础上，今年改从二队开始，然后三队、四队、五队、六队，到一队结束。明年再从三队开始，以此类推。他说："我请你们来，主要就是想把拖拉机收割的安排定下来，同时大家谈成一个约定，以后就按规矩来，如果确实有特殊情况，那就队与队之间协商，大队不再干预，总之，不年年掰扯这件事了。"

我心里只想着自己队往前排，根本没顾得上思考大队书记方案的合理性，也没想到照顾一下书记的面子。一听五队又排在后边了，就着急得不行，马上接茬说："去年是从一队开始、六队结束，我建议今年的顺序反过来，从六队开始一队结束。"看大家谁都没说话，我继续说："道理很简单，去年六队和五队排在最后，今年调一下以示公平，况且去年五、六队小麦损失最大，调到前面来也算是一个补偿和平衡。”说到这儿，除了六队队长说了句“有道理”之外，多数人面面相觑，不置可否。大队书记问我：“那明年怎么排呢？”我一心想着往前争，压根也没考虑明年怎么办，随口回答：“明年根据今年情况再说。反正不能什么事情永远都是从小往大排，轮换一下合情合理。”话音刚落，三队队长接茬了：“那从三队开始排队也可以呀。为什么非得从两头开始呢？”这下，本来还算轻松的局面一下子变得僵持起来。

大队书记看到要起争执，举起两只手，“停、停，都别争，这事慢慢掰扯。咱先喝酒。”说着，他带头干了一杯。大家跟着喝酒夹菜，气氛似乎变得缓和了一些，但是屋子里的空气明显有些凝重。

看到谁也不说话，大队书记招呼媳妇过来给大家倒酒。书记媳妇一边倒酒一边招呼二队队长：“我说妹夫，刚才还撒欢儿呢，现在怎么哑巴了，不是让谁把你魂勾去了吧？”二队队长把手一挥，“滚犊子，少废话。”六队王队长见书记媳妇一脸不高兴，索性把一个空饭碗往前一推，“来，倒满！”然后冲着大伙说：“议个啥呀？我说，干脆，这一碗酒谁一口干下去谁就第一个用拖拉机。”说着转身看看我："小李子，你不是想先收麦子吗？你就表现一下，把这碗酒干了。只要你喝下这碗酒，我们就支持你第一个用拖拉机。"说完，他环视了一遍在座的人，问道："同意不？"在座的人都知道我不胜酒力，乐不得将我一军，随声附和道："同意""没意见"……

书记媳妇看大家叫我号，一个劲冲我摆手使眼色。我看了大队书记一眼，他面无表情的样子让我搞不清他究竟是默认还是反对。我犹豫了一下，问了句："你们说话算数不？"王队长一拍胸脯大声说："如果说话不算数，老王我就是猪。"其他几个人像起哄似的，纷纷表示："没问题。只要你喝下去这一碗酒，拖拉机就你优先啦。"

其实，我当时已感觉到这是一个陷阱，但不知为什么又居然希望这就是真的。也不知哪里来的一股冲动，让我完全忘掉了喝下这碗酒的后果。我啃了两口玉米面饼，端起碗来，说了声"君子一言，驷马难追。谢谢大家了！"然后一仰头把酒倒进了嘴里。

用土法酿制出来的烧酒，酒精度高，有一股浓烈的曲子味儿，不用说喝下去，就是闻上一下都会被熏得呕吐、头痛。所以我一直都理解不了这里的风俗：连肚子都填不饱的人却嗜酒如命；每当公社供销社来酒了，虽是衣衫褴褛，也要背上装满鸡蛋的挎包和行军壶骑马去换酒，直至脱销；每逢酒场总是有人酩酊大醉，甚至还因为喝酒偶尔传出“路有冻死骨”的故事来。一直到眼前的这场饭局，我才更深地体会到了酒的魔力。

一碗酒下肚，一瞬间我感到天旋地转。在场的人有惊呆的、大笑的、竖大拇指的，眼前晃动的每一张脸都充满异样的表情。二队队长说话了：“小李队长够意思。有你的。……不过，我可得申明，刚才我是一直没表态啊。眼看这次拖拉机要轮到二队了，凭一碗酒下去就让我就交出优先权，我实在接受不了！”这话一出，我马上听见了随之而来的满堂大笑，也有六队王队长的不满。

我意识到自己受到了愚弄，被一群爷们把我当小孩耍了。能不能优先使用拖拉机尚没定论，连自尊都没有了。不知哪里来的一股怒火，我一拳砸在桌子上，大喝道：“那你他妈就是猪！”当时，所有的人都被我出乎意料的表现惊住了。一团和气的饭局，马上阴云密布、弥漫着蒸腾的怒气。二队队长站了起来，冲着我大声喊：“你他妈怎么骂人呢？”王队长一看事态不好，赶忙按住二队队长，“对不起对不起，是我把玩笑开大了。我自罚一杯，也给小李子道歉了。”二队队长还是怒气未消，指着我的鼻子出言不逊。就在我头昏气恼的时候，书记媳妇又来倒酒，她上去揪住二队队长的耳朵使劲拧了一把：“凶什么呀？有种你把这一碗酒也喝下去。我可是看见你跟着拍手起哄啦，耍赖还不是猪？”说着瞄了我一眼，提高了嗓门：“撒谎撂屁欺负人，不光是猪，还是没有长卵仔的猪。”这一番话把“妹夫”怂够呛，二队队长就像霜打的茄子立马蔫了下来。他端起碗咕咚咕咚地喝了满满一碗酒，抬起头横了书记媳妇一眼，大声说：“扯平了吧？”

说真的，原来我只听说书记媳妇又馋又懒，从不下地干活，还好掺和自家男人的事，多少对她有点鄙视。这会儿，看到她给自己撑腰挽回面子，反觉得有点难为情又特解气。这个在我心中有点属于另类的女人，忽然让我多了几分敬重。

大队书记看到刚才的情景，满肚子不高兴，一个劲地批评大家不该把正事当儿戏，更不该捉弄我。同时，转头对我说：“你也是太实在了，他们心里那点‘弯弯绕’你还拨拉不开？你以为他们都是好人啊？”说完他“哼”了几声，把手中的筷子顺手往桌子上一放，一脸严肃地说：“咱六个生产队，就一台拖拉机，平时谁也不用，到了夏收，又抢着用。但总得有先有后，这是无法改变的。那怎么办，我可以拍板决定，但是我受不了你们的叽叽喳喳。心平气和商量个方案吧，又让你们搞得乱七八糟的。能不能不看僧面看佛面，把自己那点心眼都放大点？”

他稳了稳情绪，接着说："现在算上小李子提出的方案，一共有两个。说白了，一个是从一到六排序顺延，第二个是从六到一排队顺延。你们还有其他方案没有？"他看大家都没说话，接着说："既然没有，我看也不表决了，咱们采取抓阄的方式，哪个方案阄抓得多，咱就采用哪个，行不行？"到了这个节骨眼儿上，大家处事的默契都是不想再惹纠纷，所以，即使有其他方案也没有人提出反对。书记拍拍我的肩膀，问我同意不？我的心里明白，两个方案要是表决，我的方案一定是被否决的。现在，把我的意见列在方案之中，又采取抓阄的方式，已经照顾到我的情绪和意见。至于结果只能是凭运气了。那阵子，尽管我已经被酒闹得晕晕乎乎了，但是意识还算清醒，我对书记说："听您的。"

抓阄很快结束了，我的方案遭到否决。最可笑的是我抓到的阄居然也不是我自己的方案。不管怎么说，事情总算有了结果，大家一下轻松了许多，饭桌上又恢复了欢声笑语。只有我既昏昏沉沉又闷闷不乐。一种从未有过的失落让我一反以往喝酒的懦弱。我全然没有了勉强和退却，甚至也没有人能劝得住我。临结束的时候，大家都已经词不达意、晃晃悠悠了。二队队长高兴得几乎卧倒在炕上。书记媳妇拽着他的胳膊，使劲往外拉，"你快回家美去吧，别赖在我们家。”

我脸上烧烧的，胸中翻江倒海，坐在桌子前半天站不起来。我用手使劲拍着桌子，向各队头领大声宣示：“老天让五队小麦丰产，但就是没给我优先用拖拉机的运气，我认了。我他妈也不做拖拉机梦了。等着瞧，看我怎么把麦子收到家！”说完，谁拉也拉不住，拿起桌子上的酒壶，当着所有人的面把壶里的酒一股脑搁到肚子里，然后便壮烈“牺牲”了。

我不记得我是怎么回到集体户的。听同学和老乡说，回到户里，我就趴在炕上开始呕吐，接着又哭又闹，反复喊：“凭什么……拖拉机，凭什么……拖拉机……”然后还是呕吐，不断地呕吐，持续了很长时间，把食物都吐光了，就开始吐胆汁，一直折腾到第二天早上。同学给我喂水、喂鸡蛋羹，喝下去就吐出来，再后来，一觉睡去，不省人事，不吃不喝整整“死”了两天。

我的“牺牲”把大队书记还有老乡、同学都吓坏了。老乡和集体户的同学给了我悉心的照顾：喂水、喂饭、清秽、洗衣、陪护、找医生，他们真的是给了我生命的呼唤。当我完全苏醒过来的时候，头晕晕的、胀胀的，眼睛模模糊糊看不清东西，浑身瘫软一点力气也没有。我感觉自己就像做了一场梦，一场未遂心愿失落透顶的噩梦；又像是死而复生，从恶魔般失去理智和记忆的世界涅槃再生。

……

一个出工前的早晨，太阳还没露头，我径直来到队部。一看到乡亲们关切的目光，我异常激动。

“对不起乡亲们，都是因为我无能，今年麦收拖拉机我们排在了第四，我给大家赔罪了。……不过，我想通了，我们必须接受这个结果。我就不信，没有拖拉机就得喝西北风，就一定丰产不丰收。”

我大声说：“我想过了，我们要接受去年的教训，做最坏的天气打算。必须把全队男女老少都动员起来，拿起镰刀来抢收小麦。当然，如果前面四个队麦收顺利，老天爷给脸，拖拉机到我们队的时候我们还没收完，那就请它再出点力。但是，我不想坐等它的到来。我们要先动手，坚决不能让到手的麦子眼巴巴丢了。”

说到这儿，老乡们七嘴八舌的有点摩拳擦掌。我告诉大家：“为了最大限度地动员劳动力，从麦收第一天起，大幅提高每天的工分，并将今年的小麦分配和麦收出勤挂钩。另外还要把仓库里播种剩下的小麦按出勤人头先分给大家改善生活，让大家吃上馒头，麦收更有力气……”

也许是受到抓阄结果的刺激，也许是受到我醉酒“牺牲”的感染，也许是由来已久的对小麦丰收的热切期盼，我看到了从来没有过的群情激奋："好哇，我们就笨鸟先飞了。""怎么也不能眼睁睁看着到手的收成白瞎了啊！""妇女、学生、老弱病残，有力出力！"……

在我的记忆里，那一年的麦收太齐心、太拼命、太波澜壮阔了。以至于在很长的时间里，我的脑海中还回映着那个难忘的场景：蔚蓝的天空，飘荡的白云，金色的麦浪，沸腾的收割，呼啸的马车，高高的麦垛，彻夜的打场，还有饭桌上的香馍馍……打那以后，我眼中的大海似乎总是泛着金黄，大海中间总会出现一个大大的旋涡，就像一个巨大的碗，吞噬着汹涌的海水，积蓄着无尽的能量。那次醉酒真的成了我心底深深的烙印。

离 婚

我下乡的那个时候，女孩子一到十六七岁，父母就开始张罗着找婆家。在他们心中，闺女生下来注定是人家的，嫁人了便有了终身的托付，做父母的任务也就完成了。那时候，嫁不出去的女孩在家里就像多了一张嘴，年龄大了总有种不可言喻的滋味。

那些儿子多的家庭，虽说是劳力壮，收入多，但娶媳妇可是操心事。不仅要准备家具、用具等生活用品，还要准备彩礼，最难的是要盖房子。房基地、木料、脱坯、用工、请吃饭等，哪一件事都愁死人。盖个房子不仅要花上多少年的心血，还要把老爹老娘累得几乎扒一层皮。许多家庭，娶个媳妇就欠一笔债，如果隔上一两年就有个儿子娶媳妇，背负的压力真能让人喘不上气来。所以当时流传一句话，“有女不愁嫁，娶亲愁死娘”。

那阵儿，虽然也提倡晚婚和自由恋爱，我看到的婚姻却多是媒婆撮合，家长做主。有的只见一面就定下终身。不论男女，摊上谁福祸就看天命了。许多情况下，闺女没过门的时候，男人对女人恭敬如宾。可一旦娶进门，就往往不是那么回事儿了。女人靠着男人养活，就得对男人唯命是从。可怜那些运气不好的女人，遇上粗暴的或混账的，经常是把眼泪往肚子里咽。

有一桩婚姻给我留下的记忆非常深。它就发生在我所熟悉的三队队长吴宪义家中。

吴宪义，四十二三岁，浓眉大眼瘦高身材，但身体强壮，在屯子里很有威望。家里有五个孩子，老大是女儿，叫吴天霞，胖胖的，中等偏上的个头，大脸盘，大眼睛，看上去挺惹人喜欢。只是她的性格有点闷，另外，就是下地干活拿不起个来，不咋麻利。吴宪义有心让她多干两年活，为家里挣点工分再嫁人，后来看她笨手笨脚，又有人上门说媒，且条件不错，就做主把她嫁了出去。

小伙子叫金忠仁，是犁杖屯北边蒙古屯的，那个屯子叫咕噜台（蒙族语），离我们屯儿也就十里地。咕噜台土地贫瘠，收成一直不好，也比较穷。不过小伙子本人条件还不错，长得一表人才，家里又刚刚盖了两间房。母亲过世早，只有父亲在，而且已经和儿子分户过日子，还没有什么七大姑八大姨。嫁给他，有房有脸儿，又没有经济负担和婆媳关系，用不着看谁脸色过日子。吴天霞挺满意。

结婚后，开始过得蛮不错，小两口还一起回了两次娘家。可是没过半年，就闹翻了。据说有一次，吴天霞一气之下回到娘家。天霞娘问她："咋回来了呢？"天霞说："想家了。"看着女儿闷闷不乐的样子，老娘心里打鼓，到了三天头上，见天霞没有走的意思，便问："咋啦，不想走了？"天霞没吱声。再追问，天霞的眼泪唰地一下淌了下来。她掀起内衣，露出红一块紫一块的痕迹，天霞娘这才知道是小两口打架女儿受了委屈。

过了四五天，金忠仁看媳妇没回来，就来到丈母娘家接人。天霞娘满肚子气，质问女婿究竟咋回事？小伙子说，什么事也没有，就是话没说对头，动了手。说着把衣服掀起来，让丈母娘看他脖子、后背被手抓出来的血印，天霞娘看了一时不知说什么好。这时吴宪义在一旁看到女婿的样子，一肚子怒气平了不少，就让天霞娘炒了两个菜，又倒了两盅酒，招呼女婿坐下。他边吃边对女婿说："小两口过日子哪有不拌嘴的，都谦让一下不就什么事都没有了？一个巴掌拍不响。”“小夫妻都是今天打得要分手，明天还是一个枕头。”“不过，怎么说也不能动手啊！都说和气生财，打伤了还得你花钱治，是不是？”金忠仁连说：“是的，您老说的是。以后再不打了。”听金忠仁这么说，吴宪义扭头冲着天霞大声说：“嫁出去的人了，不要动不动就往家跑。知不知道？”站在一旁的吴天霞看着爹爹，不敢吱声，倚在门框上点了点头。“你进了金家门就是金家人了。”“既然人家都来接你了，吃完饭马上给我回去，好好过日子！”就这样，吴天霞并不情愿地跟着金忠仁走了。

转眼过了两个月。吴天霞又跑了回来。那天，她的额头上用粘条粘着纱布，血迹从纱布里渗出，一脸的哀伤和痛苦。一进门就抱住娘哭着说：“娘，我不和他过了！过不了了！”看到女儿悲伤的样子，天霞娘跟着一起哭起来。“闺女，委屈你啦，娘让你爹给你做主！”傍晚，吴宪义回到家，看到女儿受伤的样子，怒火冲天，抄起一根棍子就要去找女婿算账。天霞娘抱住他，边哭边喊：“老头子，咱有理说理，不要动手。你再闹出个人命来，让我们怎么活呀！”……

正哭着喊着，金忠仁的老爹进门了。他看见这情景，停住脚，一哈腰蹲在了地上，顺手拿出烟袋，点上烟，吧嗒吧嗒抽了起来。原来，他听说儿媳妇一个人跑了，放心不下，生怕有个三长两短，就到处寻找。后来打听到儿媳妇往娘家跑了，索性跟了过来。

忠仁爹慢悠悠地，一边叹气一边说："这两个孩子呀，不知咋的了，三天两头闹别扭。""这不，前天又动手了。天霞气得把头往墙上撞，出了不少血，差点没过去。""哎……"忠仁爹又跟了句，"我看就是吃饱饭撑的，饿上几顿就没事了……"吴宪义没等金忠仁的爹说完，气昂昂地说："你那畜生儿子，有没有一点仁义？凭什么打我的闺女？我非找他算账不可！""哎，你还算账呢"忠仁爹抱怨着，"你以为你的闺女是省油灯啊。她用手电筒把忠仁打伤了，还把忠仁的脸也抓了。"没等忠仁爹说完，吴天霞接茬大声说："他是个畜生，死了才好呢！""爹，反正我不回去了。我要离婚！"

在吴宪义的脑子里，小两口打架不算啥，可打得这么厉害他没想到。天霞提出要离婚，这让他觉得有点严重。在他看来，乡下的女人本来就低贱，嫁出去了，怎么说也是"好死不如赖活着"。再说，哪个家庭不吵架，不是都在过吗？打架已经够丢人了，再离婚，天霞的名声还不彻底臭了？我吴宪义的脸也就丢光了。再说，金家毕竟条件不错，至少不用愁吃愁穿吧。想到这儿，他冲着天霞大声呵斥道："屁话。怎么跟你爹说话呢！""你把别人伤了，还委屈你啦？""你还要离婚！"说着，转过头对金忠仁的爹说："回去教训一下你那个混蛋儿子。跟自己的女人动手算什么能耐？不打架就过不了日子了？要想一起过日子就迁就点，要不就散伙！"

金忠仁的老爹没有吭声。吴宪义停了一会儿接着说："兄弟，我看这事先这样：天霞、忠仁各自养伤，暂时分开住一段，都冷静一下，等好点了，如果忠仁还有意思和好，那就让他自己来把天霞接回去。如果连人都不愿意接了，咱们真就可以考虑散伙了。"忠仁爹听罢，站了起来，把烟袋锅在脚上磕了磕，点了点头，说了句："行，就这么着吧"。说完转身走了，怎么劝也不肯留下来吃饭。吴宪义朝着亲家的背影大喊了一声："告诉忠仁，这可是最后一次机会了。"

过了十几天，吴天霞的伤渐渐好了。她一想起要回咕噜台见到那个虐种就心寒，就头疼，坐立不安。她担心金忠仁很快会出现，便对吴宪义说："爹，我的伤好了，既然您还让我做金家的媳妇，我就不等他来接了。"吴宪义听出女儿的意思，点点头说："两口子打架你也没吃什么亏，还把人家弄伤了。你想好了就回吧。"吴天霞带上自己的包裹，离开了家。其实，她并没有回咕噜台，而是跑了几十里路住到了姥姥家，而且一住就是两个月。

这期间，金忠仁熬不住了。他带着酒和罐头，跑了两次犁杖屯，但都没有见到吴天霞。吴宪义听说天霞没有回咕噜台，就猜她可能去了姥姥家，还让人专门打听了一下。而金忠仁没接到人，以为是吴宪义有意为难自己，把自己的媳妇藏了起来，便向老丈人发难。开始吴宪义还想拿他一下，就说“不知道”，并装出一副着急的样子。后来看金忠仁有点诚意，便说：“天霞估计是去了姥姥家，你有心好好待她，就自己把她请回家吧。”

这时的吴天霞正处在焦虑和矛盾中，老爹要她回咕噜台，姥姥家不可能常住下去，自己的家又一万个不想回，一想到这些她就暗自流泪，伤感自己的命太苦了。就在她感到走投无路的时候，金忠仁出现了。他当着姥姥的面恭恭敬敬的，就像什么也没有发生过。吴天霞除了跟他走已别无选择。

天霞跟着金忠仁回咕噜台的消息传到吴宪义耳朵里，老两口心里暗暗高兴了一阵，以为事情会慢慢地过去。

没想到，不久，吴天霞又回来了。这次和前几次不同，她是被人护送回来的。进门的时候，鼻子上缠着厚厚的绷带，脸上裹得严严的，眼睛里没有一滴泪。进门就问：“我爹呢？”天霞娘看到天霞的样子，立即有一种不祥之兆，她神情恍惚地问：“闺女，这又是咋的啦？”说完，身子一软瘫倒在了地上。

知情人告诉我，其实，吴天霞过门后，一天舒心的日子也没有过过。入洞房的第一夜，她就饱受了折磨。她充满幻想、热切期盼的二人世界，没有给她任何的愉悦和快感，她经历的是失望、无助和痛楚。新婚之夜使她对男女缠绵产生恐惧。自打那一夜之后，她每天都照常为自己的男人烧饭、种菜、喂猪、喂鸡，她似乎比任何时候都勤快能干，然而，就是害怕没有灯光的夜晚。她会千方百计推诿、逃避、拒绝，甚至对抗睡在自己身边的男人。这让金忠仁反倒变得越来越粗暴，越来越强势。两个人会经常撕扯在一起，在黑暗中进行剧烈的搏斗。以致后来金忠仁的每一次冲动都会演变成暴力。开始的时候，到了白天，尤其是见到外人，两口子似乎什么也没有发生。渐渐地，屯子里的人都知道了他们打架的事情。她们之间的战争也随之不断升级而且愈演愈烈。天霞已经伤透了心。她曾经向老娘暗示她的遭遇，但是她的娘总是开导她，“傻孩子，你都嫁给人家了，就不能忍一忍？抗有什么用，熬一熬就过去了。”

天霞不知道自己的母亲是怎么过来的，也许女人除了让男人养，就是让男人发泄的吧。她知道只有老爹能够保护她，可是她又无法向他启齿，她羞于倾诉自己的痛苦，她太畏惧老爹的威严，老爹一瞪眼，就会有一种瞬间的战栗。她痛恨老爹一点也不理解她，从小到大没有一句话暖到她的心窝上。那时吴天霞的脑袋完全成了一锅粥。

这次战斗，吴天霞狠狠地咬住金忠仁的耳朵，直至掉下一块血淋淋的肉。金忠仁疼痛难忍，一怒之下把吴天霞的鼻子咬下了半截。剧烈的疼痛中，吴天霞顺手抓起手电筒，朝着金忠仁的头上砸了下去。大喊大叫的战争惊动了左邻右舍。随后，他们都被送到了医院。吴天霞的鼻子被缝了几十针，而金忠仁的耳朵已经无法弥补。

事情发生的时候，吴宪义正带队在外地搞副业出公勤。等他回到家，看到女儿的样子，一阵心酸。他咬了咬牙什么也没说，立即派人到咕噜台，通知金忠仁到公社办理离婚手续。金忠仁让人捎话回来，表示同意离婚，但条件是吴天霞净身出户，退回全部彩礼。而且他说，天霞已经怀了他的孩子，必须等到为他生下儿子后再办手续。吴宪义听了气得浑身发抖，又一时找不到什么好办法。不想事情就这么不明不白地算了。盘算着哪一天到公社，找负责民政的干部帮着出出主意。反正天霞是绝对不能回去了。

转眼到了冬季。一天，公社通知各队队长到五家子大队开会，会期一天。那时的交通工具都是马车，开会的地方又比较远，必须提前一天出发，会后一天返回。因此至少需要在八家子住上两个晚上。

1974 年仲夏，北京市政府派代表团到白城地区慰问知青。我们生产队特别荣获了市政府奖励的一台手扶拖拉机。我有幸成了第一个手扶拖拉机的兼职司机。我向大队书记建议，开“手扶”去参会。那时全公社还没有乘机械化装备参会的先例。大队书记一听便满口答应。毕竟“手扶”不需要吃草吃料，又有大灯，所以会议一结束，我们就往回返，天刚黑就到家了。三队队长吴宪义也回到自己的家中。

那天是腊八，是那年冬天最冷的一天。至少有零下30 多度。穿着棉裤棉袄皮大衣，都觉得寒风刺骨。皮帽子捂在脸上，皮毛、眉毛、睫毛、胡茬上都结满了霜。手揣在袖筒里根本不敢拿出来。

下午，金忠仁出现在大队供销社，售货员认识他，互相攀谈了一阵。金忠仁听售货员讲，老丈人和各队干部都到五家子开会去了，后天才能回来，就当场买了一把杀猪刀和一把斧子，说准备去看丈母娘，送老丈人两件器具，回来好杀猪过年。

到了晚上，弯弯的月亮挂在天上，北风飕飕地刮，打在脸上就像刀子扎一样。屯子里黑压压的一点亮也没有。吴宪义一家七口早早都入睡了。那时，各家各户的门都没有锁，连门闩都少，一般用牛皮条子做个套，往铁钉上一挂就完事了。金忠仁鬼鬼祟祟地来到吴宪义的家门口，轻轻用刀子挑开皮条，溜进了屋里。借着月光，他看见他所熟悉的一家人并排躺在炕上，躺在炕梢的正是自己的媳妇吴天霞。她缠在鼻子上的绷带白白的，在月光下异常显眼。金忠仁快步窜到炕梢，举起斧子用力砍了下去。只听“啊”的一声大叫，吴天霞猛地坐了起来。当金忠仁举起斧子再砍的时候他被抱住了。一双有力的大手扭掉了他手中的刀和斧子，他意识到是自己的岳父。他拼命地挣扎着，和老丈人厮打在一起。他知道自己不是老丈人的对手，使劲挣脱了缠抱跑了出去。吴宪义顺手拿起一把堆草用的铁叉追了出来。寒风袭来，一直刺到他的骨头里，这让只穿了一件单衣的吴宪义无法忍受，他下意识地缩了回去。

这时，全家都被刚才的场面吓坏了。吴天霞的肩上流着血，惊呼惨叫着。原来，金忠仁紧张之下，斧子轮下去并没有砍到吴天霞的头，而是砍到了她的肩膀。吴宪义赶紧让天霞娘给她包扎伤口，又让老二跑去叫医生。他自己穿上衣服跑到大队书记家。“书记，书记”他一边敲着窗户一边喊，“我们家流血了。”书记媳妇神经受过刺激，一听“流血了”吓得浑身哆嗦，闹得书记动不了地方。他一边安抚自己的女人，一边询问情况，布置说：“你赶紧找一下大队勤务员向公社报告，并派民兵去追。另外，现场要保护起来。”那时的电话，还是手摇的，信息完全靠电话线传输，好不容易才打通。公安特派员立即通知咕噜台的民兵守在金忠仁的家门口对他实施抓捕。大队也派出民兵骑马追了上去。

我后来知道，自从吴天霞回家一去不归，吴宪义做出离婚的决定，金忠仁的心口就像被什么东西堵住了一样，怎么也透不过这口气来。想当初，刚把吴天霞娶到家的时候，一种从未有过的冲动和满足曾经使他不能自已。不久，变成了对自己女人不顺从的苦恼，接着，就是难以扼制的激愤，“不相信老子连个娘们也制服不了”。再后来，吴天霞越来越强烈的抵制和反抗，燃起了他内心的怒火，他不断地用自己的方式对吴天霞进行驯服和强暴，并从中获得快感。最后，当他发觉吴天霞终于要离他而去，他将失去一个被肆意蹂躏的对象，一个为他伺候自留地、菜园、猪圈、鸡窝和屋里屋外的女人时，感到特别落寞，特别孤独，特别失败。一想起自打这个女人娶进家，没有带来一点喜气，反而黑了自己的名声，灭了自己的自尊，还对自己造成伤害，一种莫名的仇恨涌上金忠仁的心头。那些天，他终日里焦躁不安，头胀得大大的，脑子里全是报复的念头，他根本没有考虑任何后果，就决定孤注一掷了。

金忠仁从吴宪义的家中跑出来，一路上昏头昏脑、跌跌撞撞地摔了不少跤。他的脑子里一会儿是血腥和号叫，一会儿是空白和疑问。他不明白老丈人怎么会突然出现？也不明白为什么一斧子下去，那个该死的婆娘居然坐了起来？他晕晕乎乎、踉踉跄跄地来到家门口，还没来得及喘口气，就被埋伏在那里的民兵五花大绑扔到了马车上。

在和吴宪义搏斗的时候，金忠仁的帽子脱落了，光着头跑了十几里路。因为天冷路远，公社决定先把金忠仁看押在咕噜台的大队部，次日一早再押解到公社。结果就在短短一里多路的行进中，蜷缩在马车上的金忠仁几乎被冻得失去知觉。当他被人抬到屋里，慢慢缓过来的时候，人们才发现，那只受伤的耳朵已经被无情的严寒吞噬掉了。据追捕他的人讲，他还算是有命。倘若那天没有白雪和月光，金忠仁不是被冻死在荒郊野外，也会被狼吃掉。

事后第二天，金忠仁押解到公社后被直接送到了县城，并关进监狱。吴宪义则带着人赶着马车到咕噜台金忠仁家，把属于天霞的一份家产统统拉了回来。吴天霞的离婚手续很快办理完毕。只是她肩膀上的伤和残疾的鼻子好久都没有痊愈。不过，值得一提的是，即使这样，吴宪义的家门已经有好几个媒婆在进进出出了。

一年后，公社书记下乡调研，从他那里又听到许多关于这件事的前前后后，使我对这故事了解更多。至于金忠仁的后来，真的说不大准了，好像是判了三年刑，一年多就被释放了。有人说他变得呆头呆脑，一直在打光棍。也有人说他服刑回来后一直在外打工，再也没有回来过。

落　户

大概是 1975 年的春天，有一天，大队通讯员老王大叔跑来找我，说有一个逃荒过来的人家找到大队，想在犁杖屯落户，大队书记询问了他的情况，让来找我见面谈一下。

当时，吉林西北部的广大地区土地肥沃、地广人稀。我们犁杖大队六个生产队就有 1600 多公顷、差不多接近 25000 亩耕地，不仅耕作方式粗放，有的干脆被撂荒。几乎所有的农作物都要靠人一垄一垄地种，一锄一锄地铲，一刀一刀地割。我所在的生产队 3000 多亩耕地，只有三十几个壮劳力，除了车老板、放马放羊的、打更看场的，下地干活的所剩不多了。广种薄收自然成了当时最突出的耕作特点。产量低、收成少也是我当队长后的一块心病。听说有人来落户，有可能给生产队增添劳动力，我当然感兴趣，便让老王大叔把人叫了过来。

来的这个人姓李（后来大家都称呼他老李头），四十五六岁的样子，罗圈儿腿，走道有点驼背，一脸的沧桑和谦恭。刚一见面就称呼我李队长。我问道："从哪儿来呀？"回答："辽宁昌图。"我又问："这边有亲戚吗？"回答："没有。"我问："那怎么找到这里来落户？"回答："有先过这边来的人回去宣传。俺那地方总闹饥荒，吃不饱饭啊。"我说："你以为到这儿就可以吃饱饭，没有饥荒啦？"他说："这里土地又多又肥，只要勤快肯吃苦，不怕没有好日子。"我说："这儿可比你家乡苦多喽。再说，我们队穷得很，你不怕后悔？"话音没落，老李头接茬说："这年头，只有饿死的，没有累死的。咱们不是正在变呢吗？"就这样，我们两个一问一答聊了好一阵子。

原来，老李头是中农成分，小学文化。一家六口，有两个儿子，两个闺女，闺女一个 19 岁、一个 17 岁，四个孩子都已成年。全家基本上没有吃闲饭的人。他老家那个地方，土地贫瘠，人多地少，连年歉收，一家人吃不饱饭，又没有其他收入来源。眼看孩子们一个个成年了，再熬下去，恐怕下辈子也得搭进去。所以，一狠心带着全家都出来了。老李头说："一路看到这么大片的土地和草原，就是要饭也不回头了。"他边说边冲着我抱拳作揖："听大队书记讲了，咱们队缺劳力，您如果收下我们，我们只能给队上添力气，绝不给队上添麻烦，全队乡亲收留我们的恩情我们全家会永远记在心上。"我打断他的话，说："还没有人说收留你。这事不是那么简单，要贫协开会研究，还要经过生产队社员大会讨论通过。"

几天之后，生产队贫协小组的五个成员在老贫协卢大婶家的炕头上开了一个会。大家盘腿围坐在一个取暖用的小火罐周围，你一句我一句地议论起来。因为事前几个贫协委员都以不同形式和老李头及家属见了面，所以讨论起来的问题并不多。老卢大婶是土改时期的老党员，一解放就是大队的妇联主任，办事透落，为人实在，开会也总是第一个发言。她说："咱们队三十来户人家，平均每户也就一个半劳动力，是全大队最低的。老李头一家就好几个劳动力，我也看过了，闺女、小子都挺机灵，身体也棒，这家人看上去也挺实诚，还不嫌咱队穷，认准投奔咱们队落户。我看是个好事情。"几个人说来说去，接纳老李头一家落户很快成了一致的意见。不过，会议还是提出了几个重要的条件，要求老李头必须满足。大概是：要书面承诺本人和家属没有任何劣迹和其他任何的隐瞒，并报大队备案；要保证全家不少于四个劳动力全年出勤；要保证暂住生产队草料房不超过 12 个月，有固定住所后不得跳槽、外迁；还有一个特别的条件，就是保证至少有一个女儿嫁在本队。这是接纳他们落户的前提，否则，不能答应。散会的时候，老卢大婶对我说："你是一队之长，你就代表我们去和老李头谈。"

我接受任务后很快就找到老李头，和他谈了上述条件，结果，他痛痛快快地全答应了，什么条件也没讲。随后，生产队社员大会顺利通过了贫协小组的意见，我又专门向大队做了报告。

很快，老李头一家就安顿下来了。考虑到他的年龄和全家的居住情况，我让他当了饲养员，负责喂马。那时生产队经常要出民工或出外勤，我就优先把他们家的劳动力安排上。这样，既为他们居住和生活提供方便，也大大减少了我在劳动力调配上的矛盾。老李头的儿子、闺女也算争气，他们不仅吃苦耐劳，而且各式农活样样争先，时间一长老李头也觉得自己挺有面子。

转年到了分红的时候。除了一家"富农"户外，老李头一家成了当年生产队的收入大户。一开春，又在大家的帮助下盖上了新房。这下多少惹来一些嫉妒和非议，挑毛病的也出来了。其中有人提出，老李头的大闺女 20 岁了，该嫁人了，时间一久，嫁给本队小伙的承诺即使不兑现也没什么办法了。这些嘀嘀咕咕的话，估计老李头也听到了，这让他多少有点犯寻思。

我当队长后，几乎每天都是天一蒙蒙亮就来到队房子。老李头连打更带喂马就住在那里。这天，他见我进来，便主动和我提起这件事，“李队长，您看我家大闺女马上过二十了，我琢磨着也该找人家了。您说咱队上哪个合适啊？”他这一问，我倒有点蒙了。说真的，我从来也没想过这个问题，更没想到老李头会问我。我支吾着说了句：“这事我可管不起，你还是得问你家闺女。”

不久，生产队班子和贫协小组一起开会。我顺嘴把老李头提起过的事说了一遍，没想到马上成了热议。有的说嫁张三合适，有的说嫁李四合适，而且说得一本正经、严肃认真，俨然成了一个为儿女做主的家长会。我忽然晃过一个念头，憋不住说：“我看可以给张大喘（绰号）家一个机会……”话还没说完，马上有人打断我：“他家是富农，按规矩，也得先在成分好的人家选。再说我们提议让人家闺女嫁富农子弟也不大合适吧！”

这话，当时谁听谁都会觉得有道理。想想看，从土改时起，富农就是斗争对象，以后一有运动就少不了挨斗、受批判。“文化大革命”这些年，他们一直都处在“只许老老实实、不许乱说乱动”的境地。就说张大喘吧，记得有一次我和他一起铡草，当时他穿着一件破棉袄，胸前还缝着一个白布牌牌，上面写着“富农”两个字。我们在一起干了一天活，除了听他不断地咳嗽外，没听见他说两句话。一天下来，脑子里全是他咳嗽时喘不上气来的样子，让我闹心了好几天。事实上，这多年来，他走到哪儿都低着头一声不吭，就连小他几辈儿的孩子，谁想呲他两句就呲两句。张大喘的孩子们虽说身强力壮，干活都是好手，但个个背着“富农”子弟的包袱，除了卖力干活，说话办事都特别谨慎。不过，由于劳动力多，他家的收入总是比其他农户高，相比之下日子过得蛮不错。孩子们也会来事，与乡亲们的关系处得也好。我当队长后一直强调重在表现，多多少少给他们减轻了一些压力。即便如此，贫下中农的闺女还是不愿意嫁给这样的人家。再怎么穷，也比受气强啊。再说，这阵儿，不光张大喘的儿子们渴望媳妇，那些贫下中农家的儿子也是娶亲老大难啊。我的那些话深究起来还真能追出点立场问题。

张大喘的学名其实叫张顺才，已经过了60岁，患有气管炎，因为一天到晚咳嗽不停，所以得名叫“张大喘”。

他家里除了老两口，有 10 个孩子。其中一个女孩儿 16 岁就出嫁了，三十出头已经是一堆娃娃的娘。剩下 9 个孩子都是男孩，最大的有四十二三岁，小的也十来岁了。在已成年的男性中，没有一个娶到老婆，整个一个钢枪班。就是这样一户富农，每逢急难险重、抢险、修堤，别人躲着藏着顶着不愿意干的时候，张家的儿子们总是会被派到最前沿，填窟窿、扛重活。他们不仅“任劳任怨”，不会有什么微词，而且会把活干得很漂亮。说实话，论生产劳动，他们算得上是生产队的骨干。现在，有了一次相亲的机会，让他们试一试何乐而不为？这不仅是雪中送炭，也算是对他们的一种肯定吧。于是，我把我的想法和理由一起说了出来。我说：“咱们仅仅是当一回媒婆，牵个线，如果姑娘不同意，那就让她自己挑，我们不能包办代替。”老贫协卢大婶听了我的意见不仅没反对，还自告奋勇要来当这个媒婆，她说，这种事本老太婆出马才妥当。

真没想到，老李头那边居然没说啥，闺女也没表示反对，到是张大喘家出了差头。除了大儿子因年龄原因没有要求以外，剩下的儿子里，老二、老三、老四都想娶老李头的闺女。张大喘和老伴一合计，还是开个家庭会吧。最后决定把这次机会让给老二。老二倒是长得一表人才，农村的技术活样样精通，只是已经三十好几了，因为胃有病，身子骨显得有些瘦弱。可偏偏人家闺女不点头。张李两家为此一直达不成一致意见。老卢大婶这个“媒婆”在中间来回周旋，几个回合下来还是没有结果。

一天，老卢大婶把我找到家里。她说，她亲自和老李头的闺女谈过了，原来人家早就看上了张家的老三，外号张猴子，只是害羞没有说出来。而张大喘的算盘是：老三嘛，一副好身材，模样也神气，稳重里透着机灵，每年在队里都是挣工分最高的一个，虽说年龄大了一点，不过也就是刚刚 26 岁，能说会道，在全屯子比都是出众的小伙儿。出身是不好，但是过日子一定错不了。张大喘因此认定他还有娶媳妇的机会。还有老四，虽说也过了娶亲的年龄，但毕竟还可以熬两年。只有老二，如果过了这村就没那店了。所以，张大喘就揣着一个说不定有戏的梦想，蔫蔫地咬死了不松口。

老卢大婶把情况这么一说，我的心里好像忽然有了定盘星。我不仅觉得老李头闺女看得准、有主意，而且觉得这事有戏。一种促成张猴子百年好合的愿望油然而生。

记得还是我随集体户并到五队不久，有一次我跟张猴子的车去拉草，正赶上下暴雨。为了跑到几公里外的地方去躲雨，张猴子把车从草地赶上了大坝，加快了马车奔跑的速度。随着电闪雷鸣，大地被暴雨激起漫天的水雾，整个苍穹就像要被黑暗吞噬一样，很快就什么也看不清了。瓢泼大雨淋在我们的身上，闪电和雷霆在头顶炸响，那种像把天都劈开一样的撕裂和轰鸣，让人心惊胆战。张猴子高扬着长鞭，迎着疾风暴雨大声地吆喝着。四匹马飞快地奔跑。在剧烈的颠簸下，坐在后边的我用力抓住车厢板，把腿翘得高高的，身子大倾斜度往后仰，生怕不小心掉下去。忽然，“咔……”一道闪电，张猴子身子一歪，从车上翻了下去，摔到地上，接着又从坝顶一直滚了下去。

看到他翻滚下车，我第一个反应就是跳车，拼命追上奔跑的马，勒住缰绳，把马车停住。然后，疾步跑下大坝。张猴子躺在草地上，已经不省人事。我意识到，他是遭到了雷劈，他可能会死掉。想想看，一望无际的草原，连棵树也没有，大坝就是最高处。张猴子扬着长长的大鞭，雨水顺鞭杆淌下，一定成了草原上唯一的“避雷针”。雷电到了头顶，想躲都来不及。可惜的是，我们当时谁也没有想到这个问题。

当我靠近他的时候，我迟疑了，我不知道他的身上还会不会带电。不一会儿，张猴子睁开了眼睛，我赶紧从旁边捡起他失落的马鞭，把鞭杆伸了过去。张猴子用手抓了抓马鞭，没有坐起来。我一个跨步跑过去，用力将他扶了起来。他浑身已经湿透，人就像受了惊，在我的搀扶下

慢慢地靠着大坝坐下来。大雨哗哗地下，我们两人面面相觑，半天都没回过神来。直到我问了句“你怎么样”的时候，张猴子才从惊吓中醒来，他点点头，小声说了句“还活着”，然后用手指了指大坝，示意我先把马车赶到大坝底下来。我注意到，张猴子的手心有点发黑，我真的庆幸他命大，雷击的瞬间鞭子脱手了。

费了九牛二虎之力，我才找到一个能走马车的下坡，把马车牵到坝下，又把张猴子扶到马车上蜷缩着躺下。当时，我早已经被吓蒙了，但是我的潜意识告诉我，剩下所有的事情都需要我来承担。我完全忘记了拉草、避雨的初衷，只剩下一个强烈的意识，迫不及待地往回走。这时的草甸子到处是积水，从头顶上淌下的雨水肆意地流进我的眼睛里、嘴里、脖子里。我没有一点举手扬鞭的勇气，也不敢再上大坝。我用手牵着马，沿着草地上的车辙，在泥泞坑洼的泥水中亦步亦趋走回了队上。这段经历，让我对张猴子这个富农子弟有了更多的同情，也对他能躲过“天打五雷轰”的幸运报以善念。

转天我就找到老李头，向他了解了相关情况，特别是他闺女的真实想法。他对我说：“李队长，我就说句掏心窝子的话吧，俺家闺女呀，不是老三不会嫁的。”

几天后的一个晚上，我趁着张大嘴家还没黑灯，敲开了他家的门。张大喘看我来串门，赶紧把油灯挑亮，把孩子们撵到西屋，让老伴又是烧水又是炒瓜子，一边不停地咳嗽，一边说了一堆好话。看得出，富农家里有了娶媳妇的希望，对他们来说是多么兴奋和喜悦。我接过话茬对张大喘夫妻俩说："这可是天赐姻缘，是你们家的福音……""不过，我听老卢大婶讲，你们和老李头家在相对象的问题上还不大一致。"张大喘听我这么说，赶紧向我叙述了一遍事情经过，看得出他是迫切想得到我的支持。我对张大喘说："我可不是你的援兵，我来是想告诉你，千万要珍惜这次机会，如果不珍惜，事情随时可能发生变化。再说，现在是婚姻自由，要两相情愿。你不尊重人家闺女的想法，这事就意味着泡汤。说白了，现在主动权不在你们手上，人家闺女看上谁，谁就有希望，要是看不上就只能免谈了。"我看张大喘一声不吭，又放了一句话："你好好考虑一下，明天给我一个态度。"说完下炕转身走了。

第二天一早，天还黑着，集体户的窗户就被人敲得咚咚响。我从被窝里爬起来不高兴地问："谁呀？""是我，猴子他爹呀。"我问："啥事？"张大喘生怕我听不到，大声说："李队长，李队长啊，我就是来告诉你，昨天说的事就那么地了，就那么地了啊！"我一听，心里就明白了。我冲着张大喘说："知道了。不过这事别跟我说，你去找老卢大婶，跟她说清楚。”张大喘说了句“那我明白啦”，然后就不见了人影。

张猴子成亲的时候，我已经离开犁杖屯了。听说婚事办得很热闹。两驾四匹高头大马拉的车，一挂车上坐着新娘和伴娘，一挂车上拉着新郎家送的两床大花被和两个大红箱子，绕着屯子转了一大圈儿，一边走一边放鞭炮。张大喘还找来秧歌队，在院子前面扭起大秧歌。全屯子的男女老少都来看热闹。婚庆摆了二十来桌。一桌一桶高粱米饭，一桶豆腐汤，好几道菜摆在桌子上。老老少少，有花枝招展的，有棉裤棉袄露着肉的，有抱着饭碗一碗一碗狼吞虎咽的，有端着酒杯哼着小调打情骂俏的。张大喘被灌得晕晕乎乎，高兴地唱起东北小调，连咳嗽都少了许多，即使咳嗽两声也能喷出得意的味道来。老李头则摇摇晃晃地在人群里窜来窜去，反反复复叨唠着：“我闺女只想伺候张猴子，不想天天给那帮光棍做饭吃。”结果，张大喘的几个儿子轮流上来给他敬酒，转眼工夫，老李头就被人抬出去了，据说好几天都没醒过来。

扎　根

1979年秋天，生产队通知我回乡领取尚未兑现的分配款。为此，我专程回了一趟犁杖屯。那时的犁杖屯刚刚经历了一场包产到户的大变革。我的到来，引来了络绎不绝的老少爷们。我还第一次感受到那种无形的沸腾，也深度体验了久违的炽热乡情。然而，最让我难忘的还是和余萍的见面。

余萍是我们大队四十几名知青中唯一扎根在农村的同学。因为我们不在一个队，又没有什么交集，许多年来，我们之间从来没有过面对面的交谈。

第一次见到余萍大概是在1971年一个仲秋的晚上。那天，全大队的知青都被召集到小学校开会。会议的主题是对余萍进行批评教育。起因是余萍和当地的一名农村青年发生恋情，而且愈演愈烈。

夜色很暗，简陋的教室里临时点了一盏煤油灯。教室的窗户上有的玻璃已经破碎，料峭的风吹进来，灯捻上的火苗一闪一闪的，就像马上要熄灭的样子。我坐在教室后排的椅子上，借着晃动的灯亮竭力寻找余萍，想知道她到底是个啥样子。那天，余萍穿了一件深色的外衣，坐在最前面，始终低着头，一言不发，我眼中看到的始终是她模糊的背影。

女中的同学对她比较熟悉，发言相对踊跃而且都是苦口婆心。有人批评她不该误入“早婚早恋”的错误道路，劝导她不能把人生目标定在嫁人生娃、不思进取上。有人批评她逃避困难、贪图安逸，鼓励她要在困难面前坚定信念，“排除万难去争取胜利”。也有人批评她，未婚同居，在贫下中农和广大知青中造成不良影响，必须悬崖勒马，等等。那时，我们所有参会的知青，可能没有人理解余萍的想法，也不赞成她的选择。说实话，被传统教育禁锢的我们，既不包容余萍以身相许的行为，也无余萍面对爱情的勇气。我们敢于响应“知识青年到农村去”的伟大号召，却从不敢想象扎根农村一辈子对自己意味着什么。当时的余萍在我心中，就像是一个叛逆者、知青的另类。

余萍的相好叫曲国臣，是三队副队长，二十二三岁，长得一表人才，非常帅气，不但有一手好庄稼活，人缘也特别好，十里八村都有口碑流传，是许多姑娘心仪的偶像。父亲曲家兴是大队贫协主任，土改时的支部书记，老革命，在屯子里威望很高。他们一家五口，父亲、母亲还有一个兄弟和妹妹，至少三个棒劳力。与大多数人家住干打垒不同，他们家是三间土坯房，宽敞明亮。院子里打理得干干净净的，每个角落都井井有条。与众不同的是，门前的小菜园不仅种菜，还有夺目的鲜花。凡是路过的人都会侧目相望，赞叹有加。一到犁杖屯落户，余萍和其他两名女生就被安置在他们家的西屋里。

集体户的生活困难重重。老支书一家看到知青的难处，充满同情和爱怜。于是，余萍等人受到房东无微不至的照顾。特别是余萍，她善解人意，擅长家务，嘴儿又甜。累了，有人问寒问暖；饿了，可以吃到一碗热腾腾的玉粒粥；病了，大娘会亲自煮上两个鸡蛋送到炕头；要是赶上过节，就干脆叫到东屋一起改善。干农活是余萍的短板，总是笨手笨脚，忙乎半天也就干个“半拉子”。时间一长，不仅疲惫不堪，还会产生心理压力。国臣手快，总是打头，经常会助她一臂之力。平时两个人经常低头不见抬头见，国臣总是问寒问暖，有求必应。一来二去，余萍不仅对国臣一家心怀感激，内心深处也滋生了对国臣的爱慕之情。不难想象，一个柔弱、孤独的女孩，一个对农业劳动样样打怵的女孩，在她最无助的时候，遇到一个给她力量和安全感的人，那个人不但善良真诚，而且阳刚帅气，她的内心会无动于衷吗？就余萍而言，她的无助和孤独迫切需要温暖和爱的填补，所以，当她的心被慢慢浸润，又被悄悄融化的一刻，她完全陷入了无法自拔的境地。

随着时间的推移，余萍的笑容渐渐多了起来，说话声音也大了不少，黑乎乎的脸蛋儿不仅透出红润，仿佛浑身都焕发出青春活力。爱情不仅增加了她对生活的自信，而且增添了不少的风韵。很快，知青有了自己的房子，余萍则抑制不住对曲家的留恋，一有机会就往国臣那里跑。到了后来，索性就住在那里不回来了。

眼看再发展下去就刹不住车了，因此才有了这次批评帮助会。那是一次大队知青对余萍的集体“挽救”。会议快结束的时候，余萍站起身来作表态发言。她发言的大意是：诚恳接受大家的批评、帮助，一定认真考虑大家的意见。自己要努力改造世界观，挽回或减少由于自己形象、作风的问题在老乡和知青中造成的影响，要善处理好和曲

个广阔天地

国臣的关系问题。

这次批评帮助会尽管比较温和，但还是形成了知青圈压倒多数的舆论压力，让余萍有了孤立感和思想压力。散会时，她一个人坐在凳子上，用手捂住自己的脸，好一会儿才站起来。我走过余萍的身边，看到这个中等身材、端庄丰腴、嘴唇厚厚的女孩，两只眼睛闪烁着泪花。她并不是我想象中的那种风姿艳丽、张扬任性的女生，看上去反倒觉得比许多同龄少女多了一份憨厚和实在。就在我们一个秒拍似的对视中，从她的眼神里我看到了她内心的焦虑与冲突。

不久，余萍的妈妈从北京赶来了。原来，那次会之后，余萍经过激烈的思想斗争，毅然决定要和国臣结婚。这件事惊动了她的家人，也给大队带来工作压力。当时中央有一个保护知青的重要文件，文件下发后，一批当权者和农村涉事人，因为强奸、迫害、威逼利诱女知青恋爱婚嫁等罪行受到法律制裁，严重的被处决。所以，余萍妈妈的到来，成为当时全屯子的特大新闻。余萍妈妈对余萍婚恋持何态度，直接关系这件事情的结果，搞不好可能会使这件事的性质发生变化。这对国臣来说，有点凶多吉少。因此，大队干部和国臣一家都心里打鼓，有些心神不定。

本来，老支书一家对余萍等人的关照，完全是出于怜悯和同情。他们看不得像自己孩子一样的女孩子吃苦受难。对余萍和国臣恋爱，起初他们也曾瞻前顾后，心里头七上八下的，只是日子一长也就顺其自然了。一来，他们看国臣是真心喜欢余萍。之前介绍过的对象国臣都不满意，但只要看到余萍，国臣就喜上眉梢。二来，北京姑娘自身和家庭条件都让人满意，何况女孩又爱从心生，还不要彩礼。于是，老两口更想顺水推舟，对余萍也就更加体贴入微。这次余萍妈妈来，他们是又期盼又担心。生怕余萍妈妈拒绝了这门亲事，一气之下，再把诱惑余萍发生两性关系的帽子扣在国臣头上。那就全完了！

余萍妈妈一直在试图阻止这场婚恋的进程。她一到，便与户里的知青、大队干部、国臣一家先后见面，详细了解余萍和国臣的爱情发展过程，以及各自的态度，又和余萍进行了长谈。但是，她遇到了余萍的强烈抵制。无论妈妈怎么说，余萍就像吃了秤砣一样，铁了心。搞得余萍妈妈进退两难、无可奈何。

临行前，余萍妈妈对大队干部和国臣父母做了最后的表态：余萍可以嫁给曲国臣，但条件是，国臣必须当兵。而且，要等国臣参军提干或转业有了稳定的工作，才能正式结婚。这个意见，实际上是一个有条件的让步。既没有拆散这对恩爱鸳鸯，也没有对国臣和余萍发生关系表示追究。国臣的父亲和大队干部听了，都一再表示“中、中……”从那以后，余萍便告别了集体户，堂而皇之地住进了老支书的西屋里，就连下地干活也见不到她了。她就像宝贝儿一样被宠了起来。转年冬天，国臣也光荣入伍了。

我的到访完全出于内心的驱使。因为我一到犁杖屯就听说余萍病了，而且病得不轻。余萍是唯一留在农村的北京知识青年，我必须要看看她。当我出现在余萍面前的时候，她正在炕上躺着，见我来了，赶忙坐起来靠在墙上，一脸陌生又惊喜的样子。她把我让到炕上，相对而坐。我们互相打量着对方，一时不知说什么好。我问：“还认识我吗？”余萍迟疑了一下，说：“有印象。”“虽然我们不在一个队，但对你都熟悉着呢。”我笑了，对她说：“你还好吧？”余萍点了点头，“谢谢你的关心。”说话间，我看到她的泪水在眼睛里闪烁。

听余萍讲，国臣当兵后她就发现自己怀孕了。开始她不想告诉国臣，怕影响他的进步。可是肚子越来越大，渐渐地成了屯子里公开的秘密。事情既涉及知青又涉及军人，大队作为一件大事正式向公社作了报告。公社经过研究决定，立即补办结婚手续，并派人把结婚证送到部队，同时向部队首长做好解释工作。那阵子，国臣在部队表现突出，进步很快，已经当上了班长，大有提干的希望。公社派出的干部向部队首长说明了意图，一再表示，不希望因此影响国臣的进步。可是，时隔不久，国臣还是受到了纪律处分。结果，服役期一满就复原了。

复员后，国臣被安排到公社粮库。名义上是个工人，有稳定的工资收入，也享受节假日礼拜天，再也不用下地劳动，靠挣工分过日子了。但其工作其实就是力工。每天要扛着装满 200 来斤粮食的麻袋，在一层层晃晃悠悠的跳板上上上下下，倒粮食，装仓库，非常之劳累。那活计，一般人都无法承受。不用说上跳板，就是平地扛上一麻袋粮食，腿都直不起来。后来，国臣不小心伤了腰，在家休养了一年多，从此失去了重体力劳动的能力，最后还是回到了生产队。现在又跟大帮儿下地干活了。不过，比起从前，什么能耐都废得差不多了。因此，全家的顶梁柱也就塌了。

说到这儿，余萍的泪水涌了出来。这时，我注意到她曾经澄澈明亮的眼睛已经发黄，头发也稀疏了许多，人显得十分苍老、憔悴。她告诉我，国臣当兵那几年，自己一个人也不能白吃饭，连带孩子再劳动，挺辛苦。前两年，国臣弟弟要结婚，没有房子，公公苦苦央求余萍夫妇把西屋让出来，给新人作新房。为了成全弟弟，余萍一家三口只好搬到院子里的小仓房里住。不久，又和父母兄弟分了家。

我一边听余萍的诉说，一边刻意环顾着余萍的家。

这是个西厢房，是个只有十平方米左右的小土屋，外间是后隔出来的小灶房。屋子里除了一铺炕、两个木柜子、两床被褥以外，什么都没有。仅有一扇窗户，下面用纸糊得严严的，上面钉着块透明塑料布，阳光从那里照射进来，带给这个小土房一丝光明。

自从国臣受伤，余萍全家的日子越来越艰难，就连盖一所属于自己房子的梦都做不成了。眼看着大队知青全走光了，自己的生活前景越来越暗淡，余萍感到空前的孤独、苦闷、难熬，几乎每天都睡不好，甚至常常被噩梦惊醒。这让余萍的精神支柱垮了下来。她开始受到肝病的折磨。从此，不仅不能分担家里的困难，还要借钱治病，添加花费，全家的负担都压在了国臣的身上。

说到这儿，余萍鼻子一酸，忍不住抽泣起来。很快，她缓了一下自己的情绪，擦干眼角的泪花，微笑着说："弟弟，……这么称呼你不介意吧？我是没有眼泪的人，今天把你当亲人啦，窝在肚子里的话都对你说了，别笑话我啊。"我回答："余萍，谢谢你把我当兄弟。你受苦了，真的太不容易啦。你需要我们做什么只管说。……你自己一定要坚强。首先要治好自己的病。留得青山在不怕没柴烧啊，今后的日子还长着呢。你要相信，什么困难都是暂时的。”说这话的时候我的心情很不平静，我觉得老天特别不公，我们中间就这么一个扎根农村的弱女子，为什么偏偏把那么多的苦水倒给她一个人喝？

当我伸出手向余萍告别的时候，她的嘴唇微微颤抖，眼泪顺着眼角流了下来。我握着她的手，望着她消瘦暗黄的脸，想努力找回那个记忆中黝黑红润的脸庞和俊朗的笑容，但是，命运已经侵蚀了她的健康，夺走了她的快乐。这个苦闷、脆弱的女人已经病入膏肓。她在困苦的日子里沉默了那么久，但是在知青面前却倾心倾诉，她真的把我当成了亲人。我想，她太需要这样的倾听和倾诉，我的到来也一定让她开心了不少，就像那扇钉着塑料布的小窗，在一缕阳光中获得了一丝丝温暖。让我没有想到的是，我们之间这次见面居然成了最后的诀别。

1981 年，我借公务出差，又转道回了一次犁杖屯。目的是看看我当队长期间，为我做饭、同吃同住的老于大爷。到了地方，屁股还没坐热，老支书曲家兴就来找我。见面就问：“你在北京看到余萍没有？”“能不能帮忙找到她？”我当时一下子被问愣住了。

听老支书说，余萍后来肝病加重，不得不回北京治疗。

那阵子，国臣心神焦虑，过一段就要去看她。但是余萍的妈妈始终不让国臣和余萍见面。国臣只好把带来的保养品和儿子精心制作的礼物留下，再留下一笔钱和捎给余萍的口信。前前后后一年多的时间，国臣欠了不少的债，跑了一趟又一趟，可是连一次余萍的面也没有见上。最后一次到北京，是国臣带着儿子去的，余萍的母亲终于发善心同意夫妻俩见面。那时余萍的身体已经十分衰弱，躺在病床上一副有气无力的样子。看到国臣和儿子，余萍哭了，她伤心地指着国臣说："你的心咋这么狠？我躺在床上天天都在想你们，你却连看也不看我一次。"国臣当时就跪在了地上，大声痛哭："我过两三月就来看你呀，是咱妈都把我挡住了！咱爹娘和儿子每时每刻都在操心、惦念你啊……"余萍的儿子也禁不住抱着妈妈大哭起来。看国臣和儿子伤心的样子，余萍擦了擦眼泪，握着爷俩的手，说："看你们爷俩脏兮兮的样子，赶紧先去洗个澡，找地方吃点东西，再回来陪我吧。"

当国臣领着儿子衣帽整洁地回来的时候，余萍已经不在了。国臣扑在空荡荡的床上，大声叫着"余萍"的名字，质问余萍的妈妈："余萍哪儿去了，余萍在哪里？"得到的答复是："余萍死了。"国臣再三要求见余萍，余萍的妈妈始终没有答应。余萍妈妈对国臣说："人已经死了，叫

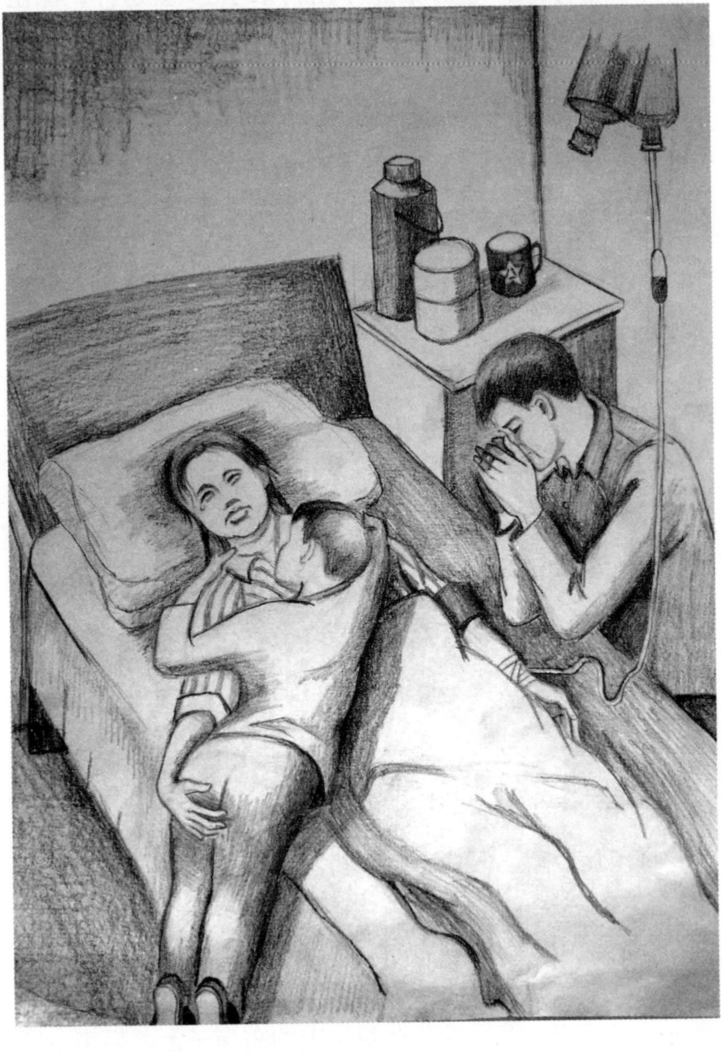

不回来的。余萍的事你就不要管了，儿子你想留在身边，就带着他回去吧……以后就不用再来了。”就这样，国臣带着儿子一路号啕回到犁杖屯。

老支书告诉我，回来后，国臣就像变了一个人，精神恍惚，天天念叨余萍，怎么也不相信余萍死了，逢人便说：“余萍的妈妈把余萍藏了起来。”

他们全家都不相信余萍死了。就连余萍的儿子都天天喊着要去找妈妈。老支书一再央求我：“你在北京认识人多，好多同学也都回了北京，你们一起帮我找一找余萍，为了国臣，你们也要帮帮我，我就当你们都是我的恩人啊！”

我非常同情国臣的遭遇。回到北京还专门打听余萍的消息，但是真的是泥牛入海、杳无音信……

2009年春天，是知识青年上山下乡40周年。大家相约再回犁杖屯。我们为小学校捐书，还合力捐赠了一个电教室。另外一个重要的活动就是去看望余萍。

余萍病故后，国臣一直在打听余萍的下落。其实她真的是病故了。国臣当时受到了打击，神经一度错乱。所以连他的父亲都相信余萍还活着。几年后，曲国臣把余萍的骨灰抱回了家，把她安葬在犁杖屯的东岗子上。后来，因为新农村规划和建设需要，余萍又搬了家。

那天，我们早早就集合了，一个瘦瘦的老者站在我们面前。他就是曲国臣，余萍的丈夫。要不是有人介绍，我已经完全认不出他的模样。岁月把他折磨得满脸沧桑，眼角也耷拉下来。当年英俊帅气的小伙子，变得衰老无华。唯独那份对余萍的爱意和思念依然如故。他说："余萍现在的墓地是块荒草地，一到夏天草就疯长。走到那里衣服鞋子都会湿掉。对不起大家了。"说完拿着镰刀拨开没过腰深的杂草，踩着泥泞，在根本没有路的草丛中往前走。我们跟着国臣大约走了四五里地，终于在一片乱草丛生的地方站下。国臣用镰刀砍倒周围蓬乱的杂草，最后露出一个小土包包。国臣告诉大家，余萍就埋在这里。水土整治的原因，这里变成了涝洼地。每年的大水大雨都要把坟头冲刷一遍，怎么修缮也没办法，是这些野草起到了固土防水的作用。只是余萍有点委屈。

大家默默地围在余萍的坟冢前，又拔草又填土，七手八脚把余萍的坟重新修缮了一遍。然后一齐向这位孤寂的黑土地上的长眠者行礼致哀。这时，旷野一片肃穆，空气让人窒息，遍地的蒿草在微风中唏嘘，曾经和余萍睡在一铺炕上的闺蜜代表全大队的知青，含着眼泪宣读了悼词：

余萍同学，我们来看你了。

几十年前，仅有十七岁的你同我们一起辞别父母离开繁华的城市，来到东北乡村接受再教育。几十年来，我们没有忘记你，只是没有想到，会以这种方式和你相聚。

曾经年少的我们，在这里第一次用自己的肩膀扛起了生活的重任，第一次用自己的双脚丈量人生的旅程，第一次品尝人世的千滋百味。我们兄弟姐妹一同生活，一同磨炼，一同感知从未踏入的世界带给我们的喜怒哀乐。

不同的是，我们先后离开，最终回到了故乡北京。唯有你，一个人留守在这片承载着你太多欢乐与痛苦的黑土地上。在这里，你曾编织自己的梦想，收获自己的爱情。为了你的爱，你付出了全部青春和生命。

我们钦佩你对爱情的执着与忠贞，钦佩你身处困境依然对爱情不离不弃的那种坚守。你从不向我们抱怨，也极少向我们诉说你的苦闷，你默默承受了难以承受的一切，又默默离开了你眷恋的家人……

愿你带走所有的快乐，把痛苦留下；愿你带走所有的美好，把牵挂放下。天堂是美丽的地方，能抚平岁月留下的所有创伤。

我们为你祈祷，愿你的在天之灵，获得永久的幸福与安宁。

余萍，安息吧……

初　恋

1973年夏天，有人转给我一封折叠成“又”字形的信。打开来，一手清秀流利的字迹映入眼帘。信不长，主要是对知青间男女同学泾渭分明的性别界限提出批评，希望我能带头打破男女生界限，促进集体户男女生间的团结和交流，把知青工作搞得更好。

那时候，我们大队的知青比较活跃。写小说、诗词的，搞科学实验和农村研究的，传抄借阅各种书籍的，还有一股研读马列原著的小热潮。大家经常凑在一起交流读后感和对现实的看法，讨论社会、人生和共同关心的问题。

我算是当时的一个积极分子。不过，这些活动大多是在男同学的圈子里。这倒不是因为对女生有排斥或是女生不活跃，主要是男女生界限限制了我们的交流。

我们大队的知青基本上都来自男校或女校，从入学时起，除少数异性的老师，从来没有和异性同学相处过。“同桌的你”原本就不存在。加上当时的社会观念和极左影响，男女生的距离被拉得很开。刚到集体户时，男女同学有事沟通都是通过写纸条。虽说是在一个锅里吃饭，每当开饭的时候，也是把饭盛到碗里转身回到各自的房间。在一起生活却没有面对面的交流。

给我写信的是一名女同学，叫邱小莉。我们是两个生产队不同集体户的知青。平时偶尔会在打水、走路时相遇，但是从来都是低头而过，假装没看见。即使同学互相串户或一起开会，也是不卑不亢，缄默不语。

我对邱小莉的印象更多的是来自老乡的议论：有人讲她几次从马上摔下来，仍然勇敢执着学骑马；有人说她在收割时被镰刀割伤腿，鲜血浸红了裤子，仍然顽强坚持不掉队；有人告诉我，房东大娘有病，她满腔热忱为大娘送药治病；还有老贫农夸赞她，为集体事业敢说敢干……那种楞式劲儿，与表面上文静、瘦弱的她大相径庭。看到如此漂亮的字迹，不禁让我刮目相看。一种走近她的愿望油然而生。这封信，让我变得主动了许多。

到了年底，鉴于生产队的发展及知青数量的减少，我们两个集体户合并了。我和她开始共同生活在一个新的集体里。不久，我被选为生产队长，邱小莉被选为大队团总支书记，后来又被任命为大队革委会副主任。朝夕相处和工作关系使我们接触的机会变多了。

我担任生产队长后的第一件大事是年终分红。那天，一开完会，我们几个知青不知为什么都到公社去了，而且约好第二天再回来。就在大家围在一起聊天的时候，我猛然想起队里分红剩下的现款放在钱箱里，想不起来究竟是否妥善保管起来。那时通讯不方便，心里又放心不下，便打算在大家都睡下的时候，连夜返回犁杖屯。就在我向别人借自行车的时候，我被告知，邱小莉已经走了好久了。

那个夜晚，风寒雪大，通向犁杖屯的道路全被大雪覆盖，根本分不清楚哪儿是车辙、哪儿是平地，一路上除了摔跤还是摔跤。我连滚带爬像雪人似的赶到生产队的时候，邱小莉已经把钱箱的着落搞得一清二楚了。原来，会计孙艳（知青）早已把钱箱带回集体户妥善保管起来。看着邱小莉头上冒着热气，还在大口大口地喘息，我能想象到她一路玩儿命奔波的狼狈和疲倦。不知道是感谢还是感动，相惜还是相怨，看着她，我一句话也没有说出来。

快过年的时候，集体户的同学陆续回家了，而刚刚当了“村官”的我们，正一腔热血地扑在工作上。很快，集体户里只剩下她和我。尽管生产和工作热火朝天，但我们的生活却遇到了较大的困难。首先是吃饭。因为没有专门做饭的人了，对于忙碌的我们而言，做饭成了很大的负担。其次是喂猪。集体户有两头猪，人少了泔水也不够，眼巴巴看着秋后吃肥的猪一天天瘦下来。再次是取暖。房子空荡荡的，整天没有一点热乎气儿，衣帽“武装到牙齿”仍冻得伸不出手来。炉灶烧火少了，东屋西屋两铺炕也就没了热气，晚上睡觉躺在凉炕上又冷又潮。最后是难挨的寂寞。东北的冬天夜长昼短，每一个入睡前的晚上都是漫长的煎熬。

渐渐地，我们的二人世界出现了变化：我抱柴、担水，她来做饭。饭好了就面对面坐在一个炕桌上。好在冬天天短，都是吃两顿饭，有时凉豆包、玉米饼一热，大糙子粥一煮，就着咸菜，一顿饭就对付了。白天，索性把两头猪放出去吃野食，落日前，喂上一点泔水和饲料，再赶到圈里去避寒。到了晚上，就在我那个屋子里生一个小火炉，我们围坐在小火炉旁，一边取暖一边聊天。我们会拿出浸湿的鞋子、鞋垫、手套和洗过的袜子，在火炉前烘烤。更多时候，是在炉盖儿上摆些玉米粒或撒上黄豆粒，烤熟了一个一个拾起来填到肚子里充饥。到后来，只要一闻到那香喷喷的味道，我们就会凑到一处。那时经常有老乡来做客，我们就边打牙祭，边唠嗑，从农桑耕作到张家李短，东扯西扯一直到三星斜挂方才散去。黑色空荡的知青屋里，小火炉带来的明亮和温暖，驱走了寒冷、疲惫和寂寞，让我感到从未有过的踏实、温馨和愉悦。

共同的生活制造了许多“过日子”的话题：饲料要不够了；水缸被冻裂了；玉米瓤子被雪浸湿烧不着了；炕洞烧火又倒烟了；井沿儿冻成小冰山了；挑水又被滑倒了；过年应该怎么来安排……除此之外，生产队的事情也让我们兴致勃勃。偶尔，也还会夹杂着回忆、畅想、预言和毫无边际的交谈。

我们越来越习惯这样的相依相处。有什么事情会一起商量，有什么感想会一起分享，有了不同意见也会有激烈的辩论。因为她的犀利，我还给她起了一个外号，叫“坚持真理的火鸡”。每当她与我争论的时候，我都会全神贯注地看着她，注视她的眼睛和表情。她那种健谈、直率、独立、倔强的性格有点让我着迷。

春节前，我打算整理一下个人卫生。傍晚下工回来的时候，发现自己拆下来泡在水里的被单已经晾在院子里。我的几件脏衣服也洗干净荡在绳子上。我猜到是她悄悄替我拆洗了被单和衣服。我径直走到她下榻的西屋门口，推开门，正想质问她，刚巧看到她在铺展我洗净晒干的褥单，准备为我缝褥子。我赶忙走到炕前，“你这是干吗？我不想让你……”她抬起头来，看了看我，不温不火地说道：“伸把手，帮我把褥单铺平。”当时，我的脸唰地一下红到了耳根。想到自己脏兮兮的被子褥子，有一种家丑外扬的羞愧。我觉得自己又掉价又丢人。

从那天起，我开始注意个人卫生。每天，在她睡下后，我便在靠着西屋的炉灶烧一锅水，既是为了保证第二天早上有温水刷牙洗脸，更是为了让她的炕头多一些热气，躺在上面多一点温暖。能为她做点啥使我有一种满足感，也是我坚持睡前烧水，为她暖炕的最大动力。

很快，这个特有感觉的“年”过去了。年后，有同学陆续回到集体户，“二人世界”开始恢复到大帮儿生活。令人惬意的是，扎堆儿聊天已形成习惯。在虫鸣啾啾的夜晚，更多的兴趣者加入了我们谈天说地的“沙龙”。

转眼到了夏末，集体户的同学都到水利工地上去了。邱小莉临时被抽调到公社指挥部。那几天，阴雨连绵，柴禾垛全淋透了，根本做不了饭。几天前，我犯了病，肚子疼得在地上打滚，连续发烧，一个人待在家里。

傍晚的时候，闪电撕裂天幕，雷霆从屋顶滚过，暴雨像瓢泼似的倾泻下来，把院子里的那棵老榆树吹打得一片狼藉，电灯也在摇曳中熄灭，全屯子都在雷鸣中陷入黑暗。闪电来时，惊心动魄；闪电一过，除了漆黑什么都看不见。从房顶和窗户漏进来的雨水打湿了炕席，除了接雨水的脸盆儿，炕上只剩下一小块儿可以栖息的领地。我忍着饥饿，孤零零望着迷茫的雨夜，心里充满惆怅和孤寂。

忽然，门开了，邱小莉出现在门口。她从头到脚像刚从水里捞出来一样。我赶紧起身，惊讶地问："你怎么回来了？"她没有回答，反问我："还没吃饭吧？"我摇摇头。"给！"她把一个鼓囊囊浸湿了的袋子塞到我的手里，一转身到西屋去了。我打开袋子，是整整一包饼干，真是雪中送炭。我头也不抬，抓起饼干狼吞虎咽地往肚子里吞。

过了一会儿，邱小莉穿着一身整洁的衣服走了进来，坐在了炕头上，一声不响地看着我饿狼似的吃相。我边吃饼干，边大口喝水。一抬头，看到她在偷偷地冲着我笑。她笑的模样很好看。头发湿漉漉的，烛光映在脸上，给人一种端庄、安静的感觉。修长的身体蜷在一起，背靠着墙，两手抱膝，身子微微向前倾，双眸一闪一闪地望着我。不知为什么，我有点慌乱。要不是烛光昏暗，看不大清楚对方的表情，我真不知道该如何应对这个场面。

我把剩下的饼干递给她，她接都不接，"留着，明天吃吧。你至少要熬到天晴呢。”她笑着说。“那你？”我有点不好意思。“我一会儿就走，回公社。不然明天赶不到工地了。”

“那你回来……”我猛然意识到，她是为了我，才不顾天黑雨狂，走了十几里路赶回来的！我借着若明若暗的烛光，凝眸望着坐在对面的她，眼前浮现的都是她在暴风雨中趺趺撞撞，一步一滑的身影，一时不知说什么好。那种感动直接把我拍傻了。我没想到她会做出如此意外的举动。我的心跳忽然加快，脸上也烧了起来。此刻，她的每一次呼吸，每一个微笑，每一次投向我的目光，每一次问话后的停顿，都能让我心潮澎湃。

过了一阵儿，她看我吃饱了傻呵呵的样子，收起笑脸，拿出一副矜持的样子，说了句：“你吃好了，我也该走了。”我不知如何是好：“这么大的雨，有点不放心……”

“有什么不放心，能来就能回去。”

我看拦不住她，赶紧拿出自己的雨衣递到她的手上，说了句“那我送送你”。

“不用！”她严词拒绝了我，“我不想让你这个病号再着凉。”没等我说话，她穿上雨衣冲出门去，一转眼，便消失在闪电轰鸣的雨夜之中。

邱小莉走了，我的心情却无法平静下来。我有点朦朦胧胧，我的感觉就像做梦一样：一个“傻傻的我”，扮着莫名的乔装，悄悄迈过她的心坎儿，又偷偷打开了她的心窗，忽然，被从那里喷涌而出的潮水一下子淹没了。好一阵子，我都无法控制自己扑通扑通的心跳。这萌动的感觉来得太突然，强烈的冲击波让我有点惊慌失措。她如此惊天的关怀燃起我心中的一团烈火，瞬时，便把我融化了。

没过多久，生产队的菜园子要收青了。看菜园的更倌生病请假。为了节省劳动力，我主动承担了打更的任务，晚上就住在菜园子的窝棚里，白天依然照常参加劳动。窝棚很小，除了有一铺土炕、一副扁担和大杆秤，什么都没有。

一天晚上，就在我准备躺下的时候，狗咬了起来。我赶紧拿起扁担出外观望，见一个人影沿着弯曲的小路向窝棚走来，原来是邱小莉。从集体户到菜园子要走好几里夜路，这荒郊野外的，连粗鲁的壮汉都惧怕出行，她邱小莉怎么如此胆大包天？万一遇上狼或什么意外可怎么好？想到这儿，我不但没有对邱小莉的到来感到惊喜，给她以安慰，反而劈头盖脸地埋怨了她一通。不过，她倒是什么也没有说，进屋蹲坐在小炕上，面朝我一声不吭。小窝棚里出奇的寂静。我看不见她，她也看不见我。唯一可以听到的是自己胸口怦怦的心跳声。多少个阴晴圆缺，我们之间的感觉已经是心有灵犀。

有几次去公社开会回来的路上，她和我肩并肩走在青纱帐间的小路上。为了躲避车辙和泥坑，有时我们的肩膀会挨在一起。互相碰触的一瞬间，会有一股异样的温暖传递到我的身上。我很喜欢那样的感觉。但是，我们又会很快分开。那副穿在我们身上的理智的外衣，总会在这个时候进行无情的抗拒。

现在，在一个漆黑的夜晚，在远离屯落的山岗上，在一片菜地的窝棚里，我的眼前，只有星星、月亮和一个自己倾慕的女孩儿。我有点得意，我隐约感到，这个带着满身泥土和一脸傻气的大男孩，可能正在得到一个心仪女生的青睐。我充满感激，是她在我生病孤寂的时候，在暴雨肆虐和令人恐惧的夜晚，出现在我的身边。我想走上前去拉住她的手，感谢她对我的好，对她诉说只想说给她的话。我甚至有些冲动，想近距离感受她的呼吸、心动和温度。但是，我无论如何都脱不掉那副超然、做作的伪装，总有一种负罪感无时无刻地对我叫停，让我既矛盾又胆怯。我压制自己内心的激动，呆呆地靠在小土炕的一头，不时捡起刚才的话题，反复埋怨她的一意孤行。

要是以往，她一定会嘴不饶人地反驳我。可那天晚上，她出乎意料地温顺。

“今天怎么了？一点不像那个‘坚持真理的火鸡’？”

“让你说的呗。”

“我说错了吗？”

“你说得对。”

接着，是长时间的沉默。这沉默让我有点忐忑不安。

“问你个问题，行吗？……”我试探着打破沉默。

“说吧。”

“为什么我们单独在一起会有不一样的感觉？”

“真的吗？”她反问我。

“不知为什么，我现在如果几天看不到你，心里有点空荡荡的。见到你吧，这胸口又扑腾扑腾的，不知道说什么。以前不是这样的感觉。”我说话时有点害羞。

“这么说，我成了惹祸的小白兔了？”她笑了起来，“其实呢，我只是觉得你好学能干，咱们又聊得来，投脾气，再说你又特让人惦记，所以我不想看到你挨饿、一个人遭罪。”

她稍微停顿了一下，接着说：“其实，我也很自私。和你在一起，我觉得充实、有趣，也踏实，也是一种满足。这还不至于让你心口扑腾吧？我可不敢哦。”

她的若无其事有点让我摸不到头绪。我一时不知怎么接茬，好半天没说出话来。刚刚有点升温的情绪，像被泼

了一盆水，温度一下就降了下来。此时，反让我觉得是自己自作多情了。我有点不好意思，说话也变得吞吞吐吐、词不达意……

看着我魂不守舍的样子，她站起来准备走了。我想阻止她，让她陪我多待一会儿。可又担心她一旦留下来，不知道该怎样去驾驭局面。我脱口说了句“那你千万小心点”。就这样，邱小莉深一脚浅一脚地回去了。她的身后留下了揪心的犬吠声。我躺在土炕上竖着耳朵，闻听一阵阵狗叫一直到恢复宁静。望着深蓝色静谧的天空，我开始大口大口地呼吸，为自己的愚钝和笨拙懊恼不已。

到了 1974 年冬天，轮到我看场打更。那天是元旦前夜，我爬上高高的草垛，找一个避风的地方搭了个窝。躺在这个窝儿里可以借着矗立在场院的照明灯看到每一个角落。那晚，我主动约她来陪我，说好要一直聊到新年到来。说来也怪，自从上次窝棚相会，我们之间的接触反而变得少了。但有一种感应和引力一直在强烈地吸引我。她的到来让我兴奋。

我蹲在高处用手电示意我的位置。她径直爬上草垛。我正准备把草窝的空间扩大，让她坐下来。她脚下的草垛忽然塌陷了，两只脚猛然踩空，身体瞬间向下坠落，然后四脚朝天滑落到另一个草坑里。头上、脸上、身上都被草埋住，一下子找不到北了。慌乱中，一同跌落的我，顺势抓住她的手，两只手紧紧拉在一起，控制住滑落。

她的手是凉的，冰凉冰凉的。零下三十多度的严寒把她冻了一整天，她已经被冻透了。我紧紧攥住她的手，顺手又把她另一只手抓住。她在被我抓住手的一刹那，下意识地把手抽回去。但是，我紧攥她的双手没有松开。寒冷使她无法抗拒传递到她手上的温暖，以至于在我攥紧她双手的时候，我感觉到她有一瞬间轻微的战栗。很快，有种触电般的感觉传遍我的全身，我们的双手被猛烈的电流分开了。

突如其来的跌落，让两个人浑身上下沾满了草渣，我们开始互相拍打身上的草渣，然后又重新爬到高处搭了个草窝，盘腿坐了下来。这是我们第一次真正的肩并肩。

仰头望着天上的星星，她和我好久都没有说话。我们靠在一起感觉很温暖，也很舒服。

忽然，她问我："哎，你知道哪颗星星是你吗？"

"是我？"我望着天上稀疏的星星摇了摇头。

"你不知道吧？宇宙中有无数的星星，对应地球上的每一个人。你和我都在其中。所谓流星，其实就是一个生命的消逝。"

"原来是这样。那你知道哪一颗星是你吗？"我好奇地问。

“不知道。”她一直望着天空，“听人说，每颗星星都会有一颗守护它的星星。因此，无论世界有多大，总有一个人是属于你的。这个缘分是天定的。你信不？”

我凝神注视着她。她裹着头巾，额头上的头发被风吹起，在灯光下一丝一丝地飘动着，忽闪忽闪的睫毛下，一双闪烁的大眼睛像一泓深邃的池水。她扬起的脖子长长的，让我偷偷想到那个忌讳的词语（性感），就连她的声音都让我觉得像涓涓细流从心头缓缓淌过。我真想把手搭在她的肩膀上，再把她紧紧搂在我的臂弯中，然后一直坐到天亮。我挪了挪屁股，想和她再靠近些。不过，她下意识地躲开了。我有点失望，也很矛盾，既期盼她的接纳，又担心自己做错什么，心跳得像打鼓一样。她注意到我的表现，抬头望着天空，陷入沉默。

待了一会儿，她把话题一转，问起我新的一年有什么打算。她总是这样，一到温馨出现的时刻就会变得矜持起来，表现出那种神秘的距离感。我们之间的话题也开始变得严肃起来。不过很快，我的夸夸其谈和她的兴致勃勃又都汇聚到了新年回顾与展望上来。一对肩并肩的青涩恋人不知不觉又回归到同事和战友。尽管我从内心深处并不情愿先前的气氛被风吹散，但是，我们之间饶有兴致的新年话题依然让我感到兴奋不已。

没有手表显示时间，也没有新年的钟声，凭着星星的位置我们确信，1975 年到来了。邱小莉站起身准备告辞，“那我走啦？”我很想挽留她再坐一会儿，但我还是犹豫了。我担心自己的愚钝和木讷会让局面变得尴尬。我想告诉她，由于她的陪伴，这个元旦夜让我觉得特别幸福，但是直到最后也没有说出来。倒是她先说了句“新年快乐”。随后便滑下草垛，头也不回地走了。我注视着她苗条的背影，直到在夜色中消失。

1975 年初秋，邱小莉的母亲生病，她回家探亲去了。不久，生产队的手扶拖拉机曲轴需要维修，我也趁机请假回到北京。我们互相到家里串门，看望各自的老人，一起与老同学游园聚会，还偷偷地传阅那本手抄的《第二次握手》。闲暇、轻松、自由的生活虽然短暂，但是却成为我最心动、最兴奋、最快乐的时光。我完全被爱情俘虏，有时会按捺不住自己内心的激动，悄悄地与好友分享自己的秘密。我决定，抓住这次回北京的机会向她表白。我寄希望于她对我的接纳和回应。为了我的表白，我用心写了一首长长的情诗。有几段是这样写的：

我仿佛看见，她那炯炯的双眸，明亮、纯净，就像海的深渊，我仿佛听见，她前进的脚步响，铿锵、有力，如同激流一般。那一张经受了风霜的脸，还带着几分孩子气，但是却透着倔强和勇敢。她像一匹飞奔的骏马，喜欢天地广阔；她像一只搏击的海燕，酷爱风口浪尖。她是高山上的岩石，刚毅、顽强；她是大海卷起的雪浪，洁白、耀眼……

已经忘了是在哪一天，铡草一起下夜班，那天的星星特别柔和，那天的月亮又大又圆，她没有马上去休息，那种神态真让人不安……

这一夜啊，我没有睡，心的土地，就像有耕犁在翻。那些天啊，我的胸口突突在跳，身体的感觉，就像掉下陡立的山涧。我谴责自己，懊恼自惭，你是痴情的傻子，还是傻子患了疯癫？

……

我把这首诗抄在信纸上，用粉红色的包装纸小心翼翼地包好，准备把它作为情书送给她。然而，就在这时，邱小莉突然提前离开北京回到了犁杖屯。我的美梦也落空了。那首诗一直到今天也没有人读过。

不久，手扶拖拉机的曲轴修好了，我也回到了生产队。秋收让我忘掉了一切，我们很少见面。我的直觉就是她变了，变得故意疏远我。我还听说，她常到老贫协卢大婶家里去，有时会在那里哭鼻子。我丈二和尚摸不着头脑，但是预感到我们的关系出了问题。

有一次我约她见面，她告诉我说，她一直相信她的选择没有错，也希望我相信她的感情没有变。但是，最后她还是对我说："对不起……"看得出来，她的内心充满矛盾，她的感情正受到痛苦的折磨。我们彼此都无法回避又难以接受突然而至的感情挫折。

1975年年末，她被选送上学了。我还记得她离开犁杖屯的那一天。刚过三更，天上一颗星星也没有，雪下得很厚，而且一直没有停。人们还都在鼾睡中，我便赶着牛车送她上路了。车轱辘碾着积雪发出嘎吱嘎吱的响声，雪花像萤火虫似的在眼前飘舞，老牛深一脚浅一脚地向前行进。我们谁也没有说话。她背朝我坐在箱子上，望着车后留下的两行深深的、长长的车辙，久久地沉思着。

我有一肚子话想说，但是想到她此去可能会是永远的分手，我们的未来可能会是天各一方，我踌躇了。

还是她先开口了："你以后打算怎么办？"她的声音很低，带着几分温柔和关切。

"既然当了队长，还是要把干满三年的承诺兑现吧。以后再说以后了。"

她没有吱声。过了好一会儿又对我说："给，留个纪念吧。”一支钢笔塞到了我的手里，还有一封叠成“又”字形的信笺。

“先不要打开，回头再看吧。”她叮咛道。

“我可没有什么礼物送给你呀？”我后悔自己竟把这至关重要的事情忽略了。

“不用。”她的声音更低了，“你的心我收下了。”一句话，使我冷却的心忽地燃烧起来，我的胸口一阵急促地跳动，有点憋得喘不上气来。

小火车进站了，只有几分钟短暂的停留。我刚帮她把箱子和行李抬上火车，火车就缓缓开动了。我们来不及话别。她甚至来不及摘下手套，赶忙伸出那只纤细的手。我们的手在相识多年后第二次握在了一起。我看见她的眼里含着泪花，她微微隆起的胸脯在剧烈地起伏。此刻，一个念头从脑海闪过：这就是我们的“第二次握手”？

小火车开出很远了。她还站在车门口，不停地挥动着她的手。那只浅褐色的手套就像一只蝴蝶，不停地在我的眼前飘动。我迎着风雪一动不动地站在站台上，直到小火车从地平线上消失。我有些感伤，有一种突然而至的真空感，我体会到了爱在一个人心中占据的偌大空间。

牛车沿着来时的路嘎悠嘎悠地往回走。那条路铺满了雪，好白、好长、好崎岖。我放下鞭子，戴着手套迫不及待地打开那封叠成“又”字形的信：

“队长”，她这样称呼我。“……如果理智和感情可以统一，那么理想和现实则不同……”“尽管我们的感情都很受伤，但也许终止了一个对我们一生都可能产生影响的错误……”

我的心有点痛，手开始不由自主地颤抖。我想停下车来，把这封信读完，此时，融化的雪水从睫毛上淌下来，迷住了我的眼睛，我急忙用手去擦眼睛。忽然，一阵旋风把信笺吹到空中，两张纸片伴随着飞舞的雪花飘飘荡荡落到不远的壕沟里。我赶紧停下牛车，奔跑着去追寻飘落的信笺。又是一阵裹着飞雪的旋风，呼啸着扑打在我的脸上，我用手挡住眼睛，不由自主地转过身去。等我再去寻觅飘落的信笺时，它们已经被风雪飘卷得无影无踪……

书　记

上山下乡50周年萌生了我写作的冲动。当我准备为那一段回忆画上句号的时候，我想起一个人，他叫马国栋。

（一）

大概是1971年年初，听说公社新来了一个党委书记，“文化大革命”前曾任某县县委常委、组织部长。“文革”中造反派冲击县委大院，他只身挡在县委门口，正告造反派：“这里是共产党的红色堡垒，是领导全县人民建设社会主义的人民政权。你们不能搞打砸抢！”为了阻挡造反派的卡车闯入，他不顾个人安危横躺在县委大门前，冲着造反派怒吼："想砸烂县委就先从我身上压过去。"为此，他惨遭迫害，以致双腿都被打伤。不久前和一大批老干部一起重新安排了工作。

有天早上，大队通讯员老王跑来通知我们，马书记来大队调研了，晌午要来集体户吃饭。这个消息让我们既感到意外又特别兴奋。那时，县里或公社干部下乡都是到老乡家里吃住，大队会专门把具备一定条件的贫下中农家庭排上队，轮流派饭。吃派饭的干部按照规定每天要付粮票和钱。据说这是从土改时期形成的传统。派饭不仅是县、乡干部联系群众的重要渠道，有干部到家吃饭，和下乡干部近距离接触也被乡亲们当作一件荣耀的事。不知是因为我们伙食不好，生活管理存在一些问题，还是为了减轻知青负担，我们从来没有承担过派饭的任务。

快到晌午的时候，马书记来了。他只身一人，骑着一辆自行车，四十三四岁的样子，中等身材，身体微微有点发胖，穿着一件有些发白的蓝制服，浓密的头发，黑黑的脸庞，眼睛不大但闪烁着坚毅的目光，眼角上的皱纹给人一种历尽沧桑的感觉，慈祥的笑容透着亲和与魅力。他的双腿已经弯曲，但走起路来坚实有力。一下车他就自我介绍说："我是马国栋，今天是来你们这里讨饭的。"说着，一边和大家握手一边往屋里走。当我握着他的手和他对视的一刹那，我从他的眼神里看到一种亲和力，他厚实有力的大手攥得我有一点轻轻地疼痛，那只手传递出来的力量带着一股暖流传遍我的全身。

马书记问：“欢迎不欢迎我啊？”我们异口同声地回答：“欢迎。”“反正欢不欢迎也要来吃饭。”说着他顺手掀起锅盖，“我看看给我准备什么好吃的了？”锅里金黄色的玉米面饼子冒着热气，他耸耸鼻子，说了句：“嗯，好香。菜呢，吃什么菜？”当天做饭的女生告诉他：“大酱和大葱，还有一个鸡蛋炒大葱。”“哇，很不错嘛，还有大酱和大葱吃。鸡蛋是买的还是自家鸡下的？”“是跟老乡借的。”做饭的女生倒是一点不隐瞒。马书记说：“那鸡蛋是要还的了？”女生答：“是的，自家鸡下蛋就能还了。”马书记听了哈哈大笑，“为了我这顿饭你们还欠了人家的债啊。这可要折煞我喽。”接着他盘腿往炕上一坐，从吃到住、从劳动到生活，家长里短、喜怒哀乐，把能问到的都仔仔细细盘问了一遍。

说实在的，下乡两年来，我们的心里积满了夙怨和诉求，最苦闷的就是没有主心骨，无处倾诉。看到马书记和蔼可亲，本来还有点忐忑的我们，就像迷失的羔羊回到母亲的怀抱。整整一个晌午，大家的话匣子像开闸一样，股脑地在马书记面前倾泻开来。马书记耐心地听着我们有点情绪化的唠叨，不时插话和提出询问。他的关心、同情和鼓励，使我们内心的苦闷、压抑、孤独和无助一下子疏解开来。

马书记告诉我们："号召知识青年到农村去，就是让你们经风雨见世面。你们必须经受的考验就是扛住困难，练就吃苦耐劳的基本功，这一关非过不可。"他还说，"让你们接受贫下中农再教育，不像学校上课。这个课堂教给你的可是五谷杂粮，许多事情需要你们去辨别……接受再教育并不是让你们去学习农民身上落后和自私的东西，而是要学习他们优秀的品质。最重要的是，你们要从生产和社会实践中学习做人做事和处理问题的本领。"他有一句话我一直铭记："好学生需要有两个特质：一是能够吃苦耐劳，二是善于学习和扬弃。"

马书记来过不久，各级干部和群众对知青的关怀和爱护开始慢慢升温，集体户的生活和环境也悄悄地发生改变。同时，在中小学教育、农业科技、妇女工作、医疗培训、招工提干等方面都能感受到知识青年的被信任、被培养、被使用。我们的心中好像打开了一扇窗，一缕温暖的阳光照了进来。

（二）

知青代表被破天荒列席重要会议，是马书记主持公社工作后的一大变化。当我被通知参加公社三级干部会议的时候，有一种光荣感油然而生。莫名的压抑一下子被某种责任和参与的冲动所代替。记得那次会议内容是动员开展农田基本建设，包括平整土地、打机井、修水渠、修防护堤等，都是只投入劳力、物力、财力而当年见不到实惠的工作。这在当时，是各个生产队都不愿意去做的事情。但是，在马书记的引导和启发下，会议进展非常顺利。

为了提高会议“温度”，获得更大的会议响应，会议工作人员从最富裕的大队调来几只羊犒劳大家。这个消息一出，参加会议的人无不拍手叫好。可是，就在大家其乐融融的时候，我们两个出席会议的知青代表却缺席了。说白了，是罢吃了。

吃饭的时候，马书记还专门打听我们去哪儿了，并嘱咐其他人，一定把我们找回来，让我们好好开个荤。说真的，平常我们上哪里能吃到羊肉啊？闻到羊汤味儿都能把我们肚子里的馋虫勾出来。但那时的我们，执意认为公社开会不该向生产队摊派，杀羊改善伙食就是损害农民利益。为了表示我们的立场，我们采取了罢宴的方式。说起来挺不好意思，第一次获得从未享有过的政治权利，我们

社食堂

表现出来的居然是与大多数人格格不入的“凛然正气”。

知识青年罢宴的行动很快就成了大家窃窃私语的话题。会议结束时，马书记在讲话中还专门提到了这件事。他对知识青年正派无私和是非分明的态度做了充分的肯定，同时也肯定了会务人员的热情和好意，唯独对自己提出了批评，明确表示，公社要对捐羊的生产队给予补偿，而且今后遇到类似的事情必须遵循有偿、自愿、公开的原则。听了马书记的讲话，我们对周围的指指点点反倒是不屑一顾了。

没过多久，为加强基层建设，公社对重点大队的领导班子特别是大队书记进行考察。马书记特意安排考察组专门听取知识青年的意见。那时，一个二三百户人家的生产大队，经过 N 次政治运动和权力交替，干群关系、家族关系、利益关系都呈现出一些微妙复杂的情况，且越穷的生产队矛盾越多。知青则比较单纯，和谁都没有直接的利益关系，又敢于直言，不怕得罪人。考察中，我们反映了大队书记不参加劳动；喜欢吃吃喝喝、有请必到；不敢掐尖碰硬，爱和稀泥等缺点毛病，明确表示希望选一个更优秀的带头人。过了一段时间，公社对大队领导班子做出了调整，但是，大队书记仍然是大队书记，我们的意见并没有被采纳。

过春节的时候，马书记派人把我们几个没有回家的知青请到家里过年。他的家住在公社附近，是一个三间的土坯房，全家七口人，五个孩子，加上我们三个知青两铺炕挤了十个人。年前，他的家里杀了一头猪，还冻了小半缸粘豆包。马书记的夫人温和慈善，但患高血压，家里大部分活都是马书记和他的孩子们干，又是担水又是劈柴，又是夹肉夹菜又是洗碗，还得喂猪喂鸡。到了晚上，马书记的大女儿还要烧上一大锅热水让我们洗脚。说实在的，我的脚已经好久没有洗过了，当着那么多人脱袜子当时还有点难为情。从大年初一到初三，我们几个知青又是吃又是住，又解馋又开荤，而马书记一家都在为我们奔忙，特别是马书记，他付出的劳动就连自己的父亲也难以做到。

我们几个知青来自不同的大队，见了面有聊不完的话题。马书记的几个孩子先是好奇，后来干脆兴致勃勃地加入我们的“沙龙”里。我也是激动异常，云山雾罩地讲起福尔摩斯的故事，而且一讲起来就刹不住车。但是，只要马书记闲下来坐在我们中间的时候，大家就围在他的身旁，听他唠家常、讲许多我们从未听过的事。

最触动我的是马书记提到了“开会杀羊”和“干部考核”。他说：“你们都是好苗子，将来是要担重任的。当你们要在一系列矛盾和各种各样的利益诉求下推进工作的时候，需要你们大公无私，也需要你们心中有一把评判是非的尺子。不过，你们要记住，理想主义是不会提供解决问题的钥匙的，标尺刻度并不等于处理问题的方法。”

“就说开会杀羊的事情吧。”他看了看我说，“如果拿尺子去量，事情对不对？不对。既然不对我就抵制、就罢宴，从逻辑上说，这也不错呀，多么旗帜鲜明啊。其实，这种处理问题的方式，实际上是把动机与效果的辩证关系搞混淆了，有点绝对化。”

他看我们都睁大了眼睛在听，接着说：“这几年，生产队遇到的困难不少，水灾旱灾还有摊派，日子挺难过，不少干部情绪低落。村干部又普遍对搞农田基本建设没兴趣，喜欢现得利。那次会议刚有一点进展，我呢，当然希望火上浇油，提振一下大家的心气。五家子大队今年富产绵羊，主动提出送羊来，会务组求之不得。在我看来，会议服务做得好一点，能为农田基本建设鼓劲儿，这也没有什么不好，前提是有偿不摊派。”

“相比之下，你们会觉得问题很严重，而且严重到一定要罢宴。好像只有罢宴才是最正确、最革命。你们想一想，其他人是什么感觉？内疚？负罪？倘若你是公社书记，是选择包容，顺势而为呢，还是站在大家的对面，摆出一副清高、革命的样子，其实又与大家格格不入呢？”

马书记微笑着说："我考虑的不是吃不吃羊，而是最终效果和会议的预期。领导干部不能当群众的尾巴，也不能脱离群众搞冒进。因此，与其拿着一把尺子分毫不差地处理问题，倒不如从实际出发，有一点弹性效果好。我是希望你们，心中要有尺子，处事呢，要讲尺度。"

马书记停了一会儿，继续说："再说年前的大队干部考核。知青的意见我是非常重视的。但是，为什么犁杖屯的大队书记没有换？这里有一个认识问题。你们要选的大队书记是要像报纸宣传的典型人物一样，完美无缺。我脑袋里想的呢，是谁能维护安定团结，把农业生产和社员分配水平搞上去。你们更看重榜样力量，我则是反复权衡、综合考量。兢兢业业、天天带头劳动的干部有，不过，可能缺乏处理复杂问题的能力；个人能力强又能劳动的干部也有，但是可能缺少全局观念，搞不好团结。在农村，除了干部的政治立场、工作业绩外，公信力和权威性是非常重要的条件。"说到这儿，马书记沉思了一下说："谁当书记不是取决于谁是最好的人，而是取决于谁最能胜任。有句古话，'水至清则无鱼，人至察则无徒'，你们好好品味一下其中的道理。"

"知识青年接受的书本教育很容易形成某种思维定式：不是对就是错，不是白就是黑。其实，我们遇到所有问题的选项恰恰都是：或利大于弊，或弊大于利，没有纯粹的东西供我们选择。有了这样的思想方法，许多事情做起来才能更加符合实际。”

在马书记家度过的这个春节，是我接受再教育过程中最难得、难忘的一堂课。马书记思考问题、处理问题的维度与方法，给我的启迪和教育，始终让我受用。

（三）

1973 年以后，知识青年陆续招工、返城，不少同学重新回到了学校的课堂上。集体户的人越来越少，这对我的刺激是蛮大的。那时我的内心充满迷惘、彷徨和期待。正在这时候，马书记找我谈了一次话。大意是，北京知青比较多，上学会考虑先高中后初中的年龄顺序。对我来讲，上学或招工是早晚的事。现在农村正需要一批优秀的知识青年发挥作用，最好在农村再锻炼一段时间。

不久，公社副书记亲自来大队宣布公社党委批准我加入共青团的决定。年底，我又被推选为生产队长。1974 年夏天，由于成绩突出，我们集体户受到北京市的表彰，并获得一台手扶拖拉机奖励。1974 年年末，我又作为县里的知青代表之一，出席了全省知青代表大会。那阵子，我就感觉有一股激情迸发出来，并在我的心中开始燃烧：

月下心如翻，乡村几度中秋，多少波澜！

三千里何谈关山险，征程上几多恶虎拦。

主席指路，刚肠赤胆。

常遐想，数年后，绿树新村，沧桑巨变。

乡亲炕更热，父兄心更暖。

看神州，放异彩，情绪添。

心照月儿明，尝丹衷，对云天。

人生美好，创业心甜。

这首写在1974年中秋的诗词，真实反映了我当时的心境。

我当队长后，第一件事就是推广科学种田。改良品种、搞实验田、在高产地块使用化肥等，赢得了粮食产量和收入大幅增长。第二件事就是增加副业收入。在铲二遍地之后，抓住秋收前的间隙，留下老弱妇孺看家护田，其他壮劳力派出去搞副业。农闲的时候不猫冬，千方百计去创收。第三件事就是加强农田基本建设。这些措施都受到马书记的充分肯定和支持。他还专门召开现场会，对我们队的进步和改变予以表扬。

1975年，马书记调任县委副书记，他专门派县委宣传部的同志下乡对我进行采访。只是由于我的逃避，“典型”

才没有当成。听公社蹲点的干部讲，马书记特别嘱咐公社党委领导，要抓紧发展我入党，并加快培养和大胆使用。

就在这个节骨眼儿上，我连续犯了两个错误。有一次，公社通知开会，主题是传达某领导讲话，批判“唯生产力论”。赶巧，就在那个时候，我离开犁杖屯去搞副业的地方处理事情了。那时通讯极不方便，所以我没能接到通知，也就没有参加会议。新来的公社书记非常生气，点名批评了我一顿，认为我就是“典型的无政府主义”，眼睛盯在了“资本主义的苗”上。后来，我听说这件事情后，既没有主动去检讨，也没有立即把人撤回来。因为我的表现，害得大队书记挨了不止一次批评。

秋收之前，按照公社要求，各队主要领导必须带队参加水利工程建设。没想到工程时间超出了预想，家里秋收忽视了一件事：我答应过公社蹲点干部，秋季收萝卜给他留一份。可是偏偏分萝卜时我不在，家里的干部也没有做出安排。这让公社蹲点的干部很受伤。后来无论我怎么道歉和补救，这件事还是在蹲点干部心中结了疙瘩。

转眼快到春节了，马书记再次来到犁杖屯。那时候，集体户里只剩下我一个人。他的吉普车直接开到了集体户门前，一下车他就大声说：“换件干净衣服跟我回家里过年。”

那个春节，我照例受到了父亲般的关爱。其间，马书记告诉我，本来县委已经动议，在我入党后到县劳动局（知青办）工作。可是我的入党问题现在被搁置了。公社党委认为我的条件还不够成熟。他对我说，你是生产队长，你不能把自己混同于普通农民。你应当比他们更有觉悟，更有组织观念和纪律性。你要懂得处理好领导被领导的关系，不能我行我素，任着性子干。

临走前，他还特别问我："今年是你当队长第三年了，有没有想过为自己做一个新的选择？比如上学或者……"

我意识到我的进步遇到了问题。我也知道马书记在为我着想。我的心中充满感激。我对他说："我当队长时承诺一定干够三年。现在第三年刚开始，我还是先兑现自己的承诺吧。这三年，在您的支持和乡亲们的努力下，生产队一年一个台阶，不仅社员收入增加了，队上还有了一点积累。我一直有个心愿，就是希望生产队能有一块水浇地，所以，我想今年秋收前能打一眼深机井，然后只要有机会我就选择离开。"

马书记听了我的回答，拍着我的肩膀说："好样的，有志气。我给水利局打个招呼，到时候让他们全力支持你。"

1976 年 8 月下旬，在马书记的关照下，县水利局钻井队进驻了生产队。他们以最低廉的收费开始了钻井作业。就在开钻的前两天，我填写了招工表，而且也被告知了报到的日期。

整整十几个日日夜夜，我担负起了井队用水保障、运输保障和后勤保障的组织协调工作，夜以继日地忙碌在钻井现场。连续的操劳把眼睛熬红了，嗓子变得沙哑，人也更加消瘦。但是，一想到这是我的一个夙愿，是北京知青献给乡亲们的一份厚礼，随着深机井的诞生，我将为插队生活画上最后的句号，我便热血沸腾，有使不完的劲。

深机井完井成功的那一夜，我又醉了，但是我没有倒下。我激动地流出了眼泪，我获得一种特别的满足。我没有告诉乡亲们我即将离开这片洒满汗水和充满激情的黑土地。万千感慨和对乡亲们的眷恋，随着醇香的美酒深深地浸在我的心窝里。

第二天，启明星还高挂在天上，大队书记亲自赶着牛车来到集体户的门前，帮我装上行李，摇着鞭子，亲自把我送到十几里地以外的小火车站。当牛车缓缓走出犁杖屯的时候，犁杖屯还在夜色中沉睡。寂静的夜空繁星满天，路边起伏的青纱帐，远处悦耳的鸡啼，还有洼地水泡子里喧闹的蛙鸣声仿佛在为我送行。听到大队书记一声声吆喝和鞭响，那一种感觉我可能永远都不知道如何来表达。

我到吉林油田工作后，马书记几次到长春办事顺路来看我。他不仅关心我的工作和生活，还关心我的恋爱婚姻。他的恩德，我永远都不会忘记。

党的十一届三中全会以后，组织上把马书记调往另外一个县，准备担任主要领导职务。由于非组织行为的干扰，他在选举时落选。后来回到白城市一所学校里担任主要领导。期间，我专门去拜访过他。以后，再也没能见他一面。当我特别想去看他的时候，我听到的竟是他和夫人已先后去世的消息。

马书记是我在稚嫩的青春时期，给予我关怀、教诲和引领的敬爱的师长。他的恩情我一生都不足以回报。回忆过去半个世纪的人生旅程，他就是那一段人生中永远矗立在我心中的丰碑。

回首向来萧瑟处　既有风雨又有情
——写在篇后的话

2019 年是北京知青到吉林省农村上山下乡 50 周年。

1969 年春天，来自北京多所中学的一千多名青年学生，告别父母，乘坐一辆呼啸的火车，来到吉林省白城地区某县插队落户。他们以生产队为单位组成一个个集体户，开始了一段终生难忘的历程。

作为初中毕业的学生，我当时充其量还是一个大男孩。除了一腔热血，几乎对新的环境一无所知，又缺乏劳动技能和独立生活的能力，既有离开父母的孤独和无奈，又有相互依靠、获得帮助的需求和渴望。我和大多数同学一样，热烈响应“接受贫下中农再教育”的号召，憧憬在广阔天地大有作为，但同时也有一种落寞的惆怅。我真的不知道要去的是一个什么地方，等待我的是什么。我们这些青年学生，几乎都是带着希望和迷惘，在那里度过了不同时长的苦涩年华，又分别从那里转场，驶向后来的人生道路。

知识青年上山下乡是在“文化大革命”的特殊背景下产生的历史现象。当时，一方面是动乱的秩序亟待恢复，另一方面是国民经济正走向崩溃边缘；一方面是“红卫兵小将”狂热的革命理想主义，另一方面是计划经济体制配置生产要素的固有方式。因此，结束动乱，恢复正常的社会经济秩序，号召知识青年“不在城里吃闲饭”“走与工农相结合的道路”，便成为一种契合和选择。在那样的背景下，孕育了继红卫兵之后的大规模的上山下乡，由此，改变了无数青年生活与成长的轨迹。以今天的历史视角和时代方向，我估计几百年或许永远，可能都不再会有这样的“历史”重演，因为其特定的条件已经消失。从这个意义上讲，知识青年上山下乡在中国社会历史长河中一定是特殊的。也正是因为如此，那段历史才更值得回味和收藏。

知识青年上山下乡是一代知青特殊的人生经历，是激情与理想、苦难与贫疾、消沉与迷惘、落寞与追求、挣扎与坚强、反思与觉醒的非凡的青春旅程。广大知青不仅投入了改变农村面貌的艰苦实践，还锻炼了吃苦耐劳、不畏困难的意志品质。不仅经了风雨、见了世面，学到和懂得了在学校和书本里无法学到的东西，而且在严酷的现实中把自己从极左思潮下解放出来，成为改革开放的支持者、实践者。从个人意义上讲，上山下乡对一代知青的成长有特别重要的影响。许多为现代化建设作出贡献和成就的知青，无不得益于从那段知青生活中获得的营养。广大知青也因此成为中国伟大变革史上跨世纪的一代，承前启后的一代。

知识青年上山下乡孕育和上演了诸多人生故事和悲喜剧。新中国成长起来的一代热血青年，在下乡插队过程中所有的经历，无不触及他们的内心世界，形成和改变着他们的世界观、人生观、价值观。一些理想化的东西在他们面前撕破，许多美好又被他们珍藏。现在青年人所能享受到的东西，许多都是他们不敢梦寐的奢望。然而，那一代人特殊的经历和人生理解，却成为广大知青生命中独有的财富。

用历史的眼光看，是后来的拨乱反正结束了这一场上山下乡。广大知青在走过峥嵘岁月后，获得了涅槃、新生。恢复高考、知青回城、改革开放给广大知青提供了人生的新机会、新天地、新动力，知识青年普遍成为中国社会主义现代化建设和改革开放的实践者、贡献者，同时也是受益者。

在浮躁和拜金主义抬头的环境下，融入百姓之中的大多数知青，表现出了不忘初衷、忧国忧民的社会责任感，吃苦耐劳、不畏艰难的坚强意志，服从大局、默默无闻的奉献精神，正直、正义，没有狭隘功利主义的宽阔情怀。特别是他们始终作为百姓的一员，怀抱着百姓的呼声与期待。他们在新的历史时期彰显出来的优秀品质和生活态度值得充分肯定。

面对上山下乡50周年这样特别的日子，当年曾经“少年壮志不言愁”的老知青，无不为这个变革的时代感慨，为那一代人的命运感慨，也为自己的成长和遇见感慨。

上山下乡对我们这些几乎把全部青春都献给了那片黑土地的知青来说，极具生命意义。因此，“插友”们早早就商议着，要趁50周年之际汇编一册文集，把记忆中的故事，哪怕是片段变成文字留下来。作为响应者，我向编辑小组投了2篇稿，随后发现，这已满足不了我的写作欲望。“50周年”，激发了我用纪实散文形式回忆和记述那个时期见闻与经历的念头。从 2018 年年末到 2019 年年中，我开始陆陆续续挖掘尚存于记忆中的故事和人物，梳理了 10 多个印象较深且有一定故事性、可读性，可以单独成篇的情景经历。在许多个寂静的夜晚，自己动手在手机或电脑上一个字一个字地把它们变成文章。

重拾那段记忆，是因为这段青春往事不仅在我的心中打上了深深的烙印，而且一生都挥之不去；

重拾那段记忆，是因为从那个特别的日子走来，艰难困苦和风雨世面不仅铸成我们这一代的性格，而且带给了我们持续的成长；

重拾那段记忆，是因为再过 10 年或再长一点时间，也许会因为年龄和其他原因，没有能力或动力再去记录那些生活片段，从而留下缺憾；

重拾那段记忆，更多的还是因为那一段青春岁月对知青命运的改变和巨大影响。

我的这些回忆文章与大部分知青文学可能有所不同：它不是小说，其中或许会有记忆的错乱，但都是基于插队生活中真实的故事，都有人物的原型做基础。我既是在写我自己，更是在写知青眼睛里的故事，着力点并不在于知青本身，而是想通过一个知青“我”的所见、所闻、所感，从某个侧面展现那个特定年代和地区的人物、生活与缩影。我希望能给广大“插友”带来追思和感慨，还希望能给知青的后代，提供更多了解那个年代和他们父辈的画面，但愿在他们心中形成中国历史性变革前后的强烈对比，并从他们长辈的命运和历史变迁中获得启迪。

这些纪实散文，其中不免有一些伤感和悲催，但它确是我心中深深的烙印。以纪实方式讲出来的故事，也许没有更多修饰的空间，也不可能去主观臆造，添加许多“佐料”和“高大上”。我觉得，故事和人物的真实性，正是这本集子具有的价值。

在我全部的职业生涯中，一部分是下乡当农民，一部分是做石油工作者。因为工作关系，我写过不少的文章、报告甚至专著，但从来没有写过这类文学作品。从逻辑思维到形象思维，其跨度的确有点大，操作起来力不从心。我说不大清楚具体的文学体例该如何遵循，我只是在写作过程中努力遵从自己的记忆和感受，坚持平实的叙述故事原委。有的地方可能有人物、时间和细节的偏移，也不排除其中有些情节的张冠李戴。真的是时间太长了，我和一些知情人都绕不过记忆的残缺。但这并不影响书中人物关系、基本事实的真实性，不影响我们观察 20 世纪 70 年代吉林省西北农村贫穷落后的真实情景和知青生活的真实面貌。尽管笔拙，我内心还是希望能够从感性上增加读者对中国伟大历史巨变的认知。

需要说明的是，散文不是调查报告，基于真实的生活，不等于完全地对号入座。为避免不必要的误解或麻烦，我对相关地名、人名均做了改动。所有人物故事都带有个人的视角局限，并非原来本身。

知青是一个特殊的社会群体。大家年龄相仿，经历相近，对那段历史有着刻骨铭心的记忆。但是，由于当时所处的环境和每个人的具体经历是差异化、个性化的，对那一段生活的体验和对具体事件的观察、感悟是不尽相同的，哪怕是同一件事情，也会是“横看成岭侧成峰”。这不仅取决于当时个人经历的特殊性，也与后来的成长经历不无关系。存在差异和分歧是正常的，没有绝对的对错之分。再说，同样的事情，如果拿今天和当时的认知对照，也会发生变化。我希望每一个人的真实感受都能得到尊重。我的故事讲述如有不当，敬请原谅。

非常感谢我的老领导、老同事、老朋友李克成、杜学芳、关晓红、施哲彦、张军、张镇、谢然浩、徐华林、连燕玲、郭素、侯小维、杨志愿、郭新东、刘兴华、许辉、裴颖、王彬婷、夏文勤以及我的家人等在写作过程中给予我的指点、支持和帮助。

非常感谢郭素、白勇、李屹三位伙伴的大力支持。他们满腔热忱又不辞辛苦地为这本散文集绘制插图，增加了拙作的画面感和生动性。

特别鸣谢姜昆老师对本书的评点和精彩的序言。感谢尹兴、胡笋等为本书编辑出版付出的心血和贡献。

欢迎广大知青朋友指教、批评。

润　生

2020 年中秋